KB167079

낯가리는 커뮤니티 매니저의

고군분투 성장기

오늘도
만나는
중입니다
우동준
호밀밭

머리말

낯가리는 커뮤니티 매니저의 고군분투 성장기

오늘은 조금 여유롭게 일어나 집을 나선다. 바람도 좋고 햇살도 좋다. 바쁜 일상이지만 온천천에 가득 핀 유채꽃을 보러 왔다. 아무리 정신없이 산다고 해도 계절의 변화까지 놓쳐서야 되겠나. 유난히 추웠던 겨울을 지나 생동하는 봄의 기운을 만끽하러 많은 사람이 나와 있다. 자연스레 어우러진 강과 꽃과 사람들. 아름다운 도시다.

5분간의 짧은 산책을 마치고 서둘러 차의 시동을 건다. 매일 반복되는 나의 출근길은 물의 흐름을 따라간다. 찬란하게 햇빛을 반사하는 온천천을 따라 높은 빌딩이 가득한 수영강에 이르고, 한적한 수변공원을 따라 달리다 보면 이윽고 거대한 위용을 자랑하는 광안리 앞바다에 도착한다.

여러 시도와 만남을 거쳐 지금은 광안리 바다 끝, 사람을 초대하고 관계를 만드는 커뮤니티 살롱 '생각하는 바다'에 머물고 있다. '생각하는 바다'는 책을 매개로 관계를 엮는 공간이다. 공간 한쪽엔 출판사가 큐레이션한 작은 독립 서점이 있고 반대편엔 생각하는 바다를 찾는 사람들의 취향이 담긴 공유책장이 있다.

책장을 보면 그 사람의 생각을 알 수 있다고 했던가. 오직 시집으로만 채워진 책장이 있는 반면 자신의 태권도 단증과 사진을 가져다 놓은 책장도 있고, 일본 대중문화에 대한 책과 제국주의 시대에 감춰진 만행을 고발하는 책이 교차하기도 한다. 직업이 만화가인 분은 만화책을 한가득 가져다 두었고, 문화기획을 하시는 대표님은 창의력을 위한 스도쿠와 보드게임을 꽂아두었다.

저마다의 존재감을 내뿜는 책장처럼 커뮤니티 살롱 '생각하는 바다'에도 여러 사람의 책과 취향, 고민과 바람이 모여 있다. 서로 다른 생각과 주제가 모여 하나의 책장을 이루듯, 다름에서 시작해 하나의 관계를 향하는 것이 바로 커뮤니티인 것이다 .

나의 오늘을 대표하는 단어 '커뮤니티'를 설명하기 위해 지난 경험의 조각들을 모아 시간의 순서로 엮어보았다. 1부에선 세상과 마주했던 처음의 이야기부터 커뮤니티 살롱 '생각하는 바다'에 이르는 6년간의 이야기를 조각조각 담았다. 2부에선 매일 밤 광안리 지하 공간에서 건져 올린 생생한 이야기를, 3부와 4부에선 커뮤니티가 끝난 공간에 홀로 남아 끄적거린 만남의 잔상들을 모아보았고, 5부엔 커뮤니티를 만들고자 하는 분들을 위한 작은 팁을 정리해두었다.

나의 정체성을 '커뮤니티 매니저'로 표할 때마다 직업과 활동의 모호한 경계에 마음이 개운치 않다. 눈에 보이는 상품을 만드는 것이 아니어서 불안하고, 투입된 노력이 숫자로 표현되지 않아 모호하다. 무엇보다 민망한 건 내가 가진 능력보다 과분하게 전해지는 평가다. 사람을 만나는 것에 흥미를 느껴 커뮤니티를 좇을 뿐인데 나의 역할에 너무 많은 의미가 붙어버려 큰일이다. 지금 써 내려간 글도 지난 시간을 너무 의미 있게 포장한 것은 아닐까 걱정이 앞선다.

나의 글이 앞으로 이곳에 발을 디딜 누군가에게 작게나마 도움이 되길 바란다. 내가 써 내려간 지극히 사적인 이야기가 당신의 잠 못 드는 밤과 당신을 사랑하는 이의 불안을 함께 재우는 밤이 되길 바란다.

나의 모든 도전은 세상의 흐름을 떠나 나만의 길을 찾겠다며 방황하던 아들을 묵묵히 바라보았던 어머니, 그리고 묵직한 버팀목이 되어준 동생이 있었기에 가능했다. 뒤에서 한결같이 응원해준 모든 사람에게 고마움과 사랑의 마음을 전한다.

생의 시류를 응시할 때에야 개인의 역사가 펄떡이고 이야기가 샘솟는다. 굽이굽이 마을을 지나는 실개천이 모여 거대한 바다를 이루듯 각자의 이야기를 품은 사람들이 이곳 커뮤니티살롱 '생각하는 바다'에서 만나길 바란다.

머리 좋은 것이 마음 좋은 것만 못하고, 마음 좋은 것이 손 좋은 것만 못하고, 손 좋은 것이 발 좋은 것만 못한 법입니다. 관찰보다는 애정이 애정보다는 실천적 연대가, 실천적 연대보다는 입장의 동일함이 더욱 중요합니다.
입장의 동일함. 그것은 관계의 최고 형태입니다.

쇠귀 신영복 선생님이 전한 말이다. 오늘의 나를 설명하는 단어 '커뮤니티 매니저'. 내게 커뮤니티 매니저는 모임을 관리하고 운영하는 것만을 의미하지 않는다.

우리가 같은 입장에 서게 하고 서로의 시선을 연결해가는 것. 다른 세상을 살던 우리를 같은 지평에 서게 하고 곁에서 서로의 세상을 바라볼 수 있게 하는 것이 나의 역할이다.

나는 오늘 밤도 빈 공간의 불을 켜고 따뜻한 커피를 내리며 또 다른 당신을 만날 커뮤니티의 문을 활짝 연다. 우리가 언젠가 커뮤니티로 만나 따뜻한 미소를 나눌 수 있길 기대하는 밤이다.

2020년 11월

한적한 가을 바다의 곁에서

1부 중요한 건 내딛는 한 걸음

2부 오늘도 만나는 중입니다

중요한 건 내딛는 한 걸음

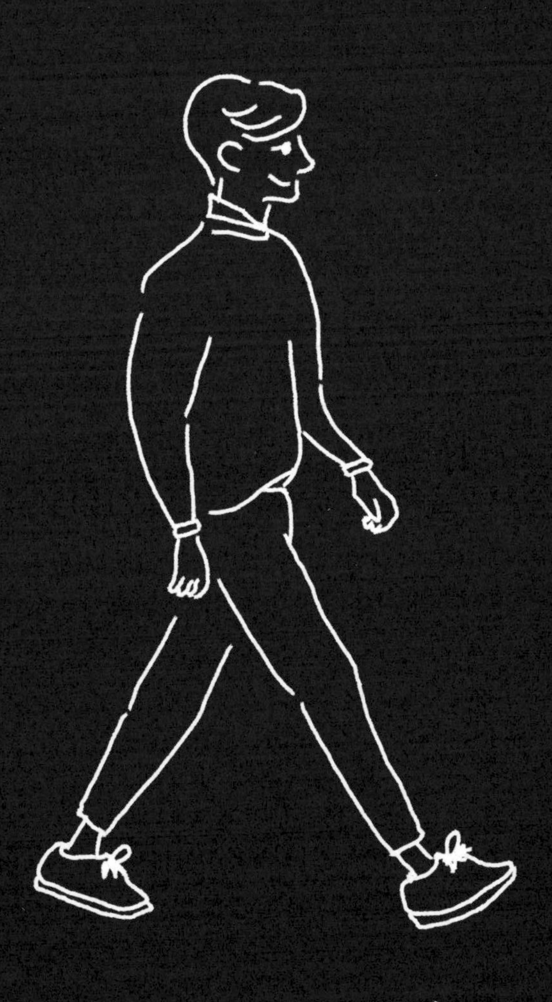

스물셋부터 스물아홉까지-
내가 스쳤던 지난 만남에 대한 이야기가 담겨있다.

시간의 흐름을 일 년씩 널뛰며 글을 엮은 건
나의 실수와 아쉬움을 통해 가장 중요한 가치가 무엇인지
전하고 싶었기 때문이다.

혼란스럽고 헤매기만 했던 시간.
어디가 나의 자리인지 몰랐던 시간.

그럴 때일수록 중요한 건 내딛는 '한 걸음' 이었다.

↘ 누구도 외롭게 죽을 순 없어
(스물넷, 2013년 어느 봄)

오늘도 거울을 보며 미소를 연습한다. 어떤 표정을 지어야 조금 더 밝은 얼굴로 인사할 수 있을까. '안녕하세요', '처음 뵙네요', '오시는 길이 힘들진 않으셨어요?' 싱긋 올라가는 입꼬리와 가볍게 건네는 인사가 이제야 익숙해진다. 마냥 살가운 오늘과 달리 예전의 난 아주 칙칙한 사람이었다. 굳은 표정과 움츠린 자세, 날카로운 어투까지. 가까이 다가오지 말라는 무언의 메시지를 보내는 뾰족하고 날 서 있는 사람이었다.

껄렁한 교복을 입을 때의 난 세상 고민 혼자 하듯 축 처진 어깨로 매일을 지냈다. 내가 누구이고, 왜 살아야 하는지와 같이 당장 해결할 수 없는 고민을 너무 빨리 시작한 탓이다. 보통 사춘기가 되면 반항심이 든다고 하던데 나는 이상하게도 무력감만 들었다. 이 또한 어린 시절의 치기이겠거니 여기며 스물이 넘기만을 기다렸는데 웬 걸 내 얼굴이 박힌 신분증이 생기니 공허함은 더욱 커졌고 밤늦도록 술과 음악과 게임을 즐겨도 허탈한 마음은 사라지지 않았다.

오히려 자유의 시간이 주어지자 자아에 대한 고민이 걷잡을 수 없이 커져 매일 밤 달콤한 꿈마저 앗아가 버렸다. 아무리 애정 어린 눈으로 바라보아도 나는 쓸모가 없는 잉여로운 인간이었다. 글을 써보고 요리도 해보고, 봉사활동이라 불리는 일들을 닥치는 대로 해내어도 살아있다는 감각, 누군가와 함께 살아간다는 느낌은 들지 않았다.

한참을 고민하다 겨우 추려낸 목표는 '세계여행'이었다. 남들처럼 세계 곳곳을 돌다 보면 무언가 지금과는 다른 삶을 꿈꿀 수 있지 않을까. 떠돌다 도착한 어디든 타인과 경쟁하며 살아야 하는 이곳보단 낫지 않을까.

아무도 나를 모르는 곳으로 숨고 싶었다. 이곳은 어차피 내가 없어도 잘 돌아갈 세상, 나와 연결되지 않은 세상이다. 고독했다. 그리고 고독할수록 '나와 닮은 타인의 고독'이 선명히 보이기 시작했다.

멍하니 뉴스를 보다 고독사란 단어를 보았다. 뉴스에 나온 고독사는 백골이란 단어와 만나 하나의 헤드라인으로 보도되었다. 21세기 풀HD TV에서 나오는 단어가 백골이라니. 국사 시간이나 고전문학에서만 보던 단어가 나의 옆 동네에선 생생한 오늘의 사건이었다. 1월에도 2월에도 푸른 잎이 돋아난 5월에도 백골이란 단어는 계절을 넘어 뉴스에 담겼다. 어떤 분은 2년, 어떤 분은 5개월. 홀로 세상을 떠난 분들은 모두 몇백 시간이 지나고 나서야 겨우 세상에 인식되었다.

발견되는 이유는 같았다. '악취'와 '밀린 공과금'. 내 삶에 불편함을 주는 존재가 되었을 때에야 세상은 망자의 부재를 오롯이 인식했다. 나와 닮았다. 나도 돈을 버는 것으로 존재를 알렸고, 제때 내야 할 공과금과 휴대폰 요금으로 세상과 소통했다. 그리고 나 역시 내야 할 돈을 제때 내지 못했을 때, 사회가 요구하는 역할에 제대로 참여하지 못했을 때야 '잉여'라는 이름으로 발견되었다.

내내 혼자가 되고 싶던 나와 달리 어르신들은 아무도 찾지 않아 혼자였고 아무도 두드리지 않아 혼자였다. 한 번도 만난 적 없는 이들이지만 그 마음이 짐작돼 쉬이

잠들 수 없었다. 인터넷 뉴스 댓글 창에선 떠난 사람에 대한 추모와 변하겠다는 다짐이 끝없이 이어졌다. 하지만 느슨한 강도의 연결은 공허함만 남겼고, 뜨거운 구호와 달리 사람과 연결되고 싶다고 말했던 어르신의 곁엔 아무도 다가가지 않았다.

그땐 이상하게도 그 모든 일이 나의 책임 같았다. 뜬금없이 올라오는 죄책감과 부채심에 고민했다. 나는 왜 흔들리는 걸까. 무엇 때문에 자꾸 신경이 쓰이는 걸까. 늘 고독하다고 말하고 다녔던 과거의 내 모습 때문인 걸까. 어르신들과 달리 정작 내 곁엔 나를 걱정해주는 가족과 친구들이 있다는 사실에 미안함을 느끼는 걸까. 아무리 고민을 오래 해 보아도 답을 찾진 못했다. 하지만 길게 이어진 고민은 점차 나와 그들을 이어주기 시작했다.

'고독'이라는 공통의 결핍으로 한 번도 만나보지 않은 이들과 내가 조금씩 연결되기 시작한 것이다. 같은 감정을 겪었기에 꺼내지지 않은 외로움이 얼마나 무거운지 쉽게 짐작할 수 있었다.

무엇을 해야 할지 몰랐지만, 무엇이든 해야 했다. 그리고 더는 백골 사체라는 말 앞에 무력해지고 싶지 않았다. 아무도 두드리지 않는다면 문은 그저 벽일 뿐이다. 내가 할 수 있는 가장 간단한 행위. 그리고 사람과 만날 수 있는, 홀로 있는 어르신들이 다시 세상과 연결될 수 있는 가장 단순한 행위부터 시작해야 했다.

비록 정리되지 않은 각오였지만 세상 사람들에게 나의 말을 전해야겠다는 생각이 들었다. 가진 게 많았더라면 현수막이나 전광판처럼 세련된 방식으로 메시지를 보냈겠지만, 내게 있는 건 잉여로운 시간과 몇천 원의 동전뿐이다. 얼른 문구점으로 달려가 하드보드지와 코팅지, 가위와 풀을 샀다.

나의 지향은 단순했다. '만일 우리가 각자의 동네에서 마주한 이웃을 조금만 더 염려할 수 있다면', '어제까지 보이던 어르신이 오늘은 왜 나오지 않는지 조금만 더 고민할 수 있다면', '나눈 인사말 뒤로 내뱉은 숨이 유난히 무겁진 않은지 조금만 집중해 볼 수 있다면'. 그렇다면 하얗게 꺼져간 외로운 죽음을 막을 수 있지 않았을까.

오랜 고민 끝에 세 개의 피켓을 만들었다. 첫 번째 피켓엔 이렇게 적었다. '고독사는 안타까운 한 사람의 사건이 아닌, 우리 모두의 문제입니다.' 두 번째 피켓엔 당시 읽고 있던 책 『사랑의 기술』의 저자, 철학자 에리히 프롬의 문장을 담았다. '사랑은 사랑하는 자의 생명과 성장에 대한 우리들의 적극적 관심이다. 적극적 관심이 없으면 사랑도 없다.'

그리고 마지막 피켓에선 거리 위 짧은 만남을 통해 피켓을 보는 사람들과 나, 그리고 홀몸 어르신이 연결될 수 있는 방법을 담고 싶었다. 가장 쉬운 방법은 모금이었다. 하지만 거리 위 사람들에게 돈을 모으고 싶진 않았다. 어르신의 존재보다 앞섰던 미납금이 싫었고, 구체적인 변화를 위해선 주머니에서 당장 꺼내지는 마음, 그 너머의 것이 필요했기 때문이다.

그렇게 돈이 아니어도 단단히 관계할 수 있음을 보여주고 싶어 선택한 과제는 '쌀'이었다. 정확히는 피켓을 들고 거리의 사람들에게 쌀을 모아 홀몸 어르신을 찾아가 함께 밥을 먹고 대화를 나누는 것이 나의 미션이었다. 주변 모든 사람이 나를 말렸다. 사람들이 매일 쌀을 들고 다니지 않는데 어떻게 모을 것이며, 아침 출근길의 바쁜 직장인이 네게 얼마나 관심을 주겠냐며 모두 거세게 만류했다. 내가 할 수 있는 말은 '그럼 날 기억할 때까지 매일 같은 시간, 매일 같은 장소에 서 있겠다'라는 조금은 무모하고 호기로운 다짐뿐이었다.

누군가 날 기억해 쌀을 챙기는 작은 행동을 시작한다면 함께 더 많은 집의 문을 두드릴 수 있을 것이다. 그렇게 매주 월요일부터 금요일까지, 매일 오전 7시부터 9시까지 1개월마다 장소를 바꿔가며 총 6개월간의 거리 캠페인을 진행했다. 서로의 존재가 인식되기 위해선 한 장소에서 충분한 시간을 버텨내는 것이 중요했다. 나의 존재를 알리고 당신의 응답을 기다리기 위해 비가 와도, 아무도 출근하지 않는 공휴일이 되어도 매일 새벽 5시 30분, 나는 집을 나섰다.

거리는 어떠한 사회적 틀도 없이 수많은 사람이 만나고 뒤섞이는 공간이다. 나와 타인의 세계를 구분하고 서로가 서로에게 그저 관찰의 대상이 되는 곳이다. 차가운 시멘트 거리 위에선 누구나 '대화의 대상'이 아닌 '관찰의 대상'이 된다. 그 어느 곳보다 많은 사람이 뒤섞이지만, 그 어느 곳보다 대화가 없는 곳이 바로 아침 출근길의 거리다.

나와 타인의 경계가 거세게 그어지는 공간에서 나를 도구로 세상과 대화했던 그 날의 떨림을 기억한다. 누구는 내 떨림의 동기가 희망 혹은 의지라 말하지만 나는 정성이라 말하고 싶다. 오늘의 불안을 서둘러 덮지 않고 애정 어리게 바라보는 정성. 나와 닮은 불안을 느끼는 사람을 함께 바라보려는 정성. 타인과 나를 연결하려는 정성이 찌뿌둥한 새벽의 몸을 움직이게 했다.

한 손 가득 피켓을 들고 나선 그날의 아침은 처음으로 내게 주어진 환경을 넘어 만남의 장소, 만남의 방식, 만남의 주제와 대상까지 선택했던 첫 번째 순간이다. 마지막 피켓에 적힌 문구는 이러했다.

'매일 여기에서 한 스푼의 쌀을 모으고 있습니다.
여러분의 마음을 조금씩 모아 홀로 계신 어르신들과
따뜻한 밥을 나누려 합니다.'

타인의 고독을 향하자 나의 고독이 열어졌다. 고독했지만 외롭지 않았고, 옅은 희망을 품었지만 절망적이지 않았다. 누구도 외롭게 죽을 순 없다.

중요한 건 내딛는 한 걸음

↘ 나의 '변하지 않음'이 타인의 '변함'을 이끌어낸다

(스물넷, 2013년의 가을)

큰 봉투에 엉성하게 다듬은 피켓을 담아 떨리는 마음으로 집을 나섰다. 거리에서 어떤 시선을 마주할지 자신할 수 없었지만, 고독사에 대한 다음 뉴스를 볼 땐 무엇이든 시도한 나여야 했다. 내게 찾아온 오늘의 고독은 견딜 수 있어도 턱 끝까지 차올랐을 타인의 고독을 짐작하는 건 견딜 수 없이 힘들었다.

무엇이든 해야 했던 나는 생전 처음 와보는 낯선 지하철역에 도착했다. 개중 가장 사람의 이동이 많은 출구로 건너가 준비한 피켓을 걸어두었다. 그리고 내 앞에는 작은 플라스틱 통. 거리 위 사람들의 쌀을 모을 작은 플라스틱 통을 놓아두었다.

세상의 시선에서 나는 어제와 다를 것 없는 출근길에 나타난 낯선 존재였다. 이질적 존재를 대하는 이들의 눈빛은 차가웠고 마주한 눈동자는 너무 검고 깊었다. 단한 번의 시선이지만 엑스레이에 찍히듯 존재 자체가 꿰뚫리고 평가받는 느낌은 무섭기만 했다.

내가 누구이고 어떤 존재인지 판단되는 느낌. 아무리 반복되어도 결코 익숙해질 수 없을 시선이었다. 타인을 바라보았던 나의 시선에도 이런 날카로움이 담겼던 걸까. 거리의 서 있던 누군가도 내게 이런 시선을 받았던 걸까. 내가 넘었어야 하는 첫 번째 도전은 시선에 담긴 '판단'이었다.

낯설단 이유만으로 눈길을 끌기 충분했던 나는, 그보다 더한 불편함을 피켓에 담아 거리에 세워두었다. 걷는 것만으로도 피곤한 아침 출근길, 마음을 건드리는 피켓과 문장은 선한 사람의 눈길마저 외면하게 했다. 외면은 악한 이들의 선택지가 아니다.

어느 때엔 선하기 때문에, 당장에 할 수 있는 무언가를 찾지 못했기 때문에 외면하기도 한다. 온종일 흔들릴 감정과 자아를 지키기 위해 시선을 돌리는 것이다. 그 누구도 나를 지키기 위한 선택을 탓할 수는 없다.

하루를 여는 사람들은 매일 같은 표정으로 나를 지

나쳤다. 젊은 사람에게 무슨 억울한 일이라도 생겼나 싶어 나와 피켓을 보기 위해 멈춘 걸음이었다. 그리고 단 하루 만에 그마저도 익숙하다는 듯 거리에 놓인 나와 피켓을 요령껏 피해 지나쳤다.

나는 쇼윈도 안에 놓인 마네킹처럼, 사람들의 바쁜 발을 피해 빗질하는 청소부처럼, 돗자리에 물건을 펼쳐 두고 한가롭게 부채질을 하는 상인처럼, 막걸리 한 병과 함께 그늘에 앉아 담배만 태우는 어르신처럼 거리를 채우는 또 하나의 정물이 되었다.

그리고 거리로 나선 지 4일째 되던 목요일. 제법 출근길 사람들의 얼굴이 익숙해질 때였다. 하얀색 여름 교복을 입고 멀리서부터 멀뚱멀뚱 날 바라보던 학생이 내게 다가와 물었다.

"아저씨, 이거 뭐 하는 거예요?"

"쌀을 모으고 있어. 사람들과 모은 쌀로 어르신들에게 밥해드리려고."

"알겠어요. 내일 가져올게요."

안부와 질문을 함께 던진 학생은 다음 날 싱긋 웃으며 약속처럼 한 봉지 가득 담긴 흰 쌀을 가져다주었다. 전해 받은 내 손에 묵직함이 느껴졌다. 내 주변의 누구도 나의 바람이 이루어질 수 있다고 얘기해주지 않았다. 그리고 나조차도 누군가의 응답을 받아낼 거라 기대하지 않았다. 이 고맙고 비현실적인 관심 앞에 나는 인사도, 감사도 제대로 건네지 못한 채 한참을 멍하니 서 있기만 했다.

기억을 품는다는 것은 관심의 한쪽을 내어준다는 것과 같다. 내일의 선택에 있어 중요한 기준으로 삼겠다는 것이며 내 삶의 방향을 바꾸는 거대한 사건으로 초대한다는 것이다. 그것이 기억하겠다는 말에 담긴 무게이자 책임이다. 언제나 기억의 능력이 타인에 대한 연민과 일치의 능력을 가름한다.

내게 쌀을 가져다주려면 바쁜 아침부터 거리에 있던 날 떠올려야 하고, 혹시나 내가 없진 않을까 마음속으로 주저해야 하고, 꽤 묵직한 쌀 봉지를 들고 이곳까지 오는 수고로움까지 넘어서야 했다.

그날 거리를 지나던 사람들은 나와 학생의 대화를 통해 꺼내지지 않던 우리의 목소리를 들었다. 그리고 아직 '어른에 도달하지 못한 미숙한 존재'라 평가받던 어린아이의 열린 마음과 용기 밝은 웃음을 보았다. 그날 우리의 마주침과 대화를 통해 거리의 분위기는 조금씩 바뀌기 시작했다.

학생의 두드림은 부끄러움과 함께 나도 해볼까 하는 용기의 계기가 되었다. 점차 대화가 없던 거리에서 반가운 인사말이 맴돌기 시작했다. 이제야 서로의 존재를 적극적으로 인식하기 시작했다. 나도 맞은편 과일 장수 할머니와 '오늘도 좋은 아침'이라는 인사를 건네기 시작했고 출근길 사람들과도 가벼운 아침 인사를 나누기 시작했다.

사람들의 실천은 이후에도 계속 이어졌다. 분명 오늘 아침까지 생각했는데 깜빡하고 들고나오지 못했다며 근처 슈퍼마켓에서 급하게 쌀과 음료수를 사주는 사람도 있었고, 어르신과 함께 먹으라며 반찬거리와 손편지를 적어 주시는 분도 있었다. 인사가 없던 적막한 아침에 서로의 안부를 묻고 간단한 눈인사를 주고받는 새로운 반가움이 싹튼 것이다.

그렇게 사람들과 함께 매일 아침 쌀을 모았다. 그리고 금요일 점심이면 홀로 사는 어르신들을 찾아뵈어 함께 밥을 먹고 사소한 일상의 대화를 나누었다. 도마에 부딪히는 칼의 소리, 싱그럽게 부서지는 채소의 소리, 가스레인지 위에서 보글보글 끓고 있는 찌개 소리, 누군가가 나를 위해 음식을 준비하는 정성스러운 부엌의 소리를 들려주고 싶었다. 누군가와 함께 살던 시절, 부엌에서 들리던 그 애정의 소리를 다시 들려주고 싶었다. 가장 외롭고 서운한 순간은 언제나 나 홀로 배고픔을 해결해야 하는 순간일 테니까.

유난히 잔기침이 많던 할머니가 있었다. 문장 하나마다 마침표처럼 꼭 기침을 내뱉던 할머니는 함께 하는 점심 동안 당신의 지난 생과 아쉬움, 그리고 내일의 고민을 꺼내었다. 한 차례의 긴 가을비가 끝나고 몇 주 뒤 할머니를 담당했던 사회복지사에게서 짧은 연락이 왔다.

'선생님이 다녀가시고 나서 얼마나 밝아지셨는지 몰라요. 다음에도 함께 밥을 먹고 싶다고 기다릴 테니 꼭 와달라고 하셨어요. 그런데 얼마 전 편한 얼굴로 세상을 떠나셨

습니다. 편안히 떠나셨어요. 늦었지만 꼭 전해드려야 할 것 같아 연락드립니다.'

우린 당장의 연결이 가진 소중함을 쉽게 잊고 만다. 누군가에겐 오늘과 이번 한 주가 허락된 생의 마지막 시간일 수 있다. 내게 커뮤니티는 언제가 될지 모를 마지막 순간을 준비하고 새롭게 만들어 내는 것을 의미한다. 하루의 감정을 바꾸는 것이 아니다. 삶에 대한 기억과 생애 전반에 대한 감정을 바꾸는 것이다. 꽤 거대한 전환이다.

이 작은 밥상 위에 만날 수도, 연결될 수도 없던 수많은 존재가 놓여있다. 만난 적 없던 어르신과 뒤섞여 밥을 먹기 시작하면서부터 오랫동안 날 괴롭히던 공허와 고독이 사라졌다. 감정의 실을 넓게 풀어 거미줄처럼 엮어낸다. 이 감정의 연결이 내가 튕겨 나가지 않도록 붙잡아주는 단단한 안전끈이 되었다. 나와 닮은 이들을 만나 서로의 세계는 연결되었고, 곧 작은 진동으로도 각자의 숨결을 느낄 수 있게 되었다.

나의 '변하지 않음'이 타인의 '변함'을 이끌어낸다. 투박한 아스팔트 위에서 완전히 다른 삶을 살던 우리가 연결되었던 것처럼 꾸준히 그리고 지속적으로, 변하지 않고 머무른다면 만남은 시작된다. 이제야 내가 살고 있는 사회의 영역을 어렴풋하게나마 그리기 시작한다.

다른 세계를 살아가던 서로를 연결해내는 일. 이 매력적인 시도가 앞으로 내가 살아갈 땅이자 고유한 나만의 길이다. 생에 대한 희망과 내 구원의 가능성을 발견했다. 이것이 내가 커뮤니티 매니저라 불리는 활동을 지속하는 이유이고, 커뮤니티란 영역에 발을 디디게 된 내 첫 번째 순간이다.

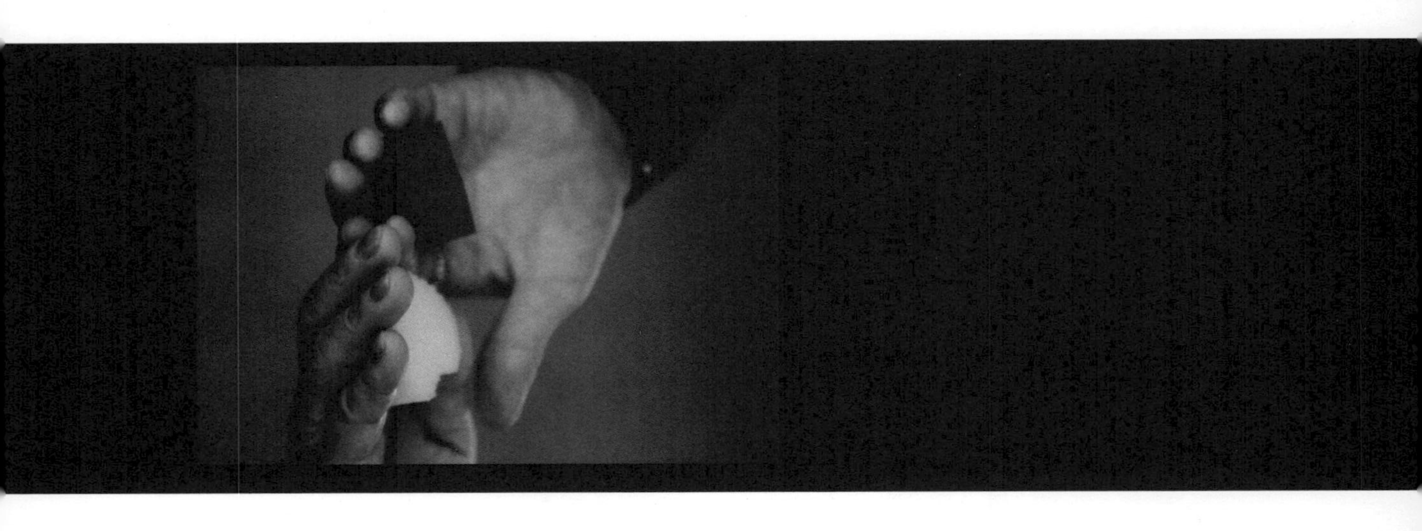

↘ 다름을 맞이하는 색다른 방법

(스물다섯, 2014년 차가웠던 어느 겨울)

"말 못 한대요~ 말 못 한대요~" 어린 시절 내 초등학교는 청각 장애 학생을 위한 특수학교(배화학교)와 하나의 담장을 두고 맞닿아 있었다. 같은 골목을 공유했던 어린 시절의 우리는 아이라 해도 분명 어딘가 영악하고 짓궂은 면이 있었다. 배화학교 학생들은 목소리가 컸고 발화된 언어도 구체적인 문장의 형태가 아니었다. 우리는 하교하는 배화학교 학생들을 따라가 말을 제대로 못 하는 바보라고 놀려대며, 스쿨버스 창가에 앉은 아이들에게 손가락 욕을 하기도 했다.

어렸기에 나와 다른 존재에 대한 이질감과 공포가 더 노골적으로 드러났다. 나는 너와 닮고 싶지 않고 앞으로도 영원히 다르고 싶다는 마음. 마치 사회에서 마주할 차별을 예습이라도 하듯 우린 어린 나이의 서로를 모질게도 적대했다. 다름이 무서워 구체적으로 가해지는 차별과 배제였던 셈이다.

우리는 각자의 교육과정을 거치며 몇 년의 시간을 함께 걸었지만, 두 곳의 학교 모두 서로의 다름을 건강하게 마주하는 법을 가르쳐주지 않았다. 그렇게 대화의 방법을 배우지 못한 채 어린 시절은 끝나버리고 말았고, 각자의 담장 안에서 공고히 만들어간 세계는 여전히 내 삶을 양분했다.

버스 정류장, 동네 슈퍼, 피시방. 나와 그들은 좁은 동네를 공유하며 수많은 일상에서 만났지만, 물과 기름처럼 끝까지 섞이지 않았다. 대화의 방법을 몰랐기 때문이다. 시간이 흘러 서로의 얼굴이 익숙해지고 알아보는 눈빛에 은근한 반가움이 담겨도 어떻게 반가움을 꺼낼지 몰라 바삐 지나치기만 했다.

허물지 못한 어린 날의 담장이 마음에 남았다. 과거의 우리가 그랬듯 오늘의 골목에서도 또 다른 아이들이 모여 서로에게 적대와 싸움을 걸고 있을 것이다. 앞서 골목을 걸었던 사람이기에 지금 골목을 걷고 있을 아이에게 단절과 경계를 넘는, 무언가 새로운 관계의 모습을 보여주고 싶었다. 장애를 넘어 우리가 함께 시도하고, 장애를 넘어 공동의 이야기를 만들어갈 수 있다는 유쾌한 증명의 스토리를 들려주고 싶었다.

곧바로 작은 수화 교실에 등록했다. 나의 손가락과 표정으로 내 이름과 감정을 표현하는 데엔 채 한 달의 시간이 걸리지 않았다. 이 짧은 시간을 내어놓지 않아 그토록 오래 세워졌던 담장이라니. 높은 건 모두 마음의 장벽이었다. 정작 현실의 장벽은 조금만 힘차게 뛰어오르면 쉽게 넘을 수 있는 아주 낮고 약한 돌담이었다. 어느 정도 수화로 나의 감정을 표현할 수 있게 되자 작년 여름, 동네 어르신의 문을 두드렸던 것처럼 장애를 기준으로 갈라진 동네 친구들의 담장을 두드릴 새로운 연결을 계획하기 시작했다.

6개월 정도 꾸준히 수화를 배웠을 즈음 중급반 수화 교실에서 청각장애인 '익스'를 만났다. 장애 정도가 그리 높지 않던 익스는 청각장애 수어 통역사를 준비하고 있었다. 나는 서툰 수어로 지난 경험과 앞으로의 바람을 전했다.

'우리가 함께하는 모습을 영상으로 찍어보자.
누군가에겐 도움이 될 거야.'

식은땀을 흘리며 나의 서툰 수화가 맞는지, 나의 메시지가 제대로 전달되었는지 고민하고 있던 내게 익스는 웃으며 또박또박 말했다.

'그래서 구체적으로 뭘 찍자는 말이야?'

그날부터 또래였던 익스와 나는 매일 만나 '함께 산책하기', '함께 피시방에서 게임하기', '함께 노래방 가기'와 같이 20대 친구들이 만나 으레 할 법한 아주 소소하고 일상적인 놀이를 시도했다. 목적은 서로의 일상을 섞어 내는 것이었다. 특히 비장애인이 장애인을 보조해주고 장애인은 비장애인에게 도움받는 스테레오 타입의 관계를 넘어, 함께 노는 즐거운 모습을 특히 20대 초반의 젊은이들이 가진 생생한 고민을 서로 나누고 진지하게 실험하는 모습을 세상에 보여주고 싶었다.

곧바로 중고서점에서 영상 편집과 관련한 책들을 모조리 구입했다. 하나하나 직접 눌러가며 편집 프로그램을 익히고, 집에 있던 중고 카메라로 우리의 연결을 영상으로 찍었다. 이로 말할 수 없을 정도의 엉성한 퀄리티에 조회수도 겨우 몇십 회에 불과한 인기 없는 영상이었지만, 누군가에겐 의미 있는 시도이자 울림이었다. 우리가 함께 있는 모습만으로도 공고했던 벽에 금이 가기 시작한 것이다. 우리의 연결을 보고 더 많은 사람이 담벼락에 달라붙었다. 새로운 변화를 가져올 수 있는 바람을 함께 품기 시작한 것이다.

쿵쿵. 편견의 장벽을 두드리는 익스와 나의 뒤로 청각장애인 허다와 지체장애인 이세가 합류했다. 이후 네 명이 함께 콘텐츠를 제작하며 우리의 도전은 더욱 과감해지고 단단해졌다. 청각장애인과 지체장애인의 일상은 또한 달랐다. 지체장애인은 내가 상상했던 것 이상으로 많은 장벽과 마주해야 했기 때문이다. 영상 콘텐츠를 위한 기획 회의를 진행할 때도 휠체어가 들어갈 수 있는 카페를 찾는 것이 일이었다. 넘지 못할 작은 턱은 세상에 너무 많았다. 화장실도, 들어갈 수 있는 건물도, 가볼 수 있는 지역의 범위도 제한되었다.

익스와의 콘텐츠가 '소통'에 중점을 두었다면 이세와의 콘텐츠는 '함께 농구장 가기', '이세와 해변에 들어가기'와 같은 주로 '공간성'에 대한 접근이었다. 친구들과 함께할수록 그동안 알지 못했던 세상의 잔인함이 여실히 느껴지기 시작했다. 무엇보다 지체장애인의 움직임을 도와주는 여러 보조기구가 있어도, 이를 사용할 때 감내해야 하는 주변의 시선은 당장 이동할 수 없는 육체의 불편함보다 버겁다는 것을 알게 되었다.

장애인을 위한 보조적 장치의 유무가 중요한 것이 아니다. '있느냐, 없느냐' 보다 중요한 질문은 그 장치들을 부담 없이 '사용할 수 있느냐, 없느냐'이다. 그만큼 나와 다른 존재를 향한 우리의 시선은 무겁고 날카롭다. 우린 듣고 만지고 바라보는 감각에 의존해 세상의 범위를 규정하고 해석한다. 감각은 내가 존재하는 세상을 인식하는 틀이며 유용한 도구이지만 동시에 감각을 기준으로 서로 다른 두 개의 세상이 강하게 나뉘기도 한다. 감각을 중심으로 사고할 때 보이지 않고 들리지 않으면 없는 것과 같다.

나와 익스, 이세와 허다의 사회엔 보이지 않는 담장이 쳐져 있었다. 보기 전까지 그들의 어려움은 보이지 않았고, 듣기 전까지 그들의 한숨은 느껴지지 않았다. 애써 만나지 않았다면 각자의 세계만 뱅글뱅글 돌며 이곳이 우리가 사는 세상의 전부이자 내가 만날 수 있는 모두를 만났다고 생각했을 것이다. 나의 세계를 넓히기 위해 가장 먼저 해야 했던 건 내 삶에 쳐진 담장을 허물어내는 일이었다.

우리의 질문은 하나였다. WHY NOT? 왜 안 되냐는 물음이다. 그리고 네 명이 하나가 되어 담장을 허물자 현실이란 이름의 차갑고 높은 또 다른 담장을 만나게 되었다. 사회 속 나의 자리를 고민하고 불안한 미래에 흔들리는 그저 평범한 청년 네 사람이 같은 장벽 앞에 놓여있었다. 장애로 인한 어려움을 뛰어넘자 비로소 같은 시선으로 무서운 사회와 두터운 현실을 마주하게 된 것이다.

이세는 매번 비싼 돈을 들여 두리발을 탔으며, 돈이 없던 익스와 나는 1,500원짜리 밥버거 하나를 나눠 먹으며 영상을 촬영했다. 나의 고민은 점점 커져갔다. 장애로 인한 어려움은 학습과 노력과 관계로 조금씩 극복할 수 있는데 궁극적으로 우리가 만나기 위한 비용과 시간은 어떻게 해결할 수 있을까.

돈이 있어야 나와 익스, 이세와 허다가 함께 만날 수 있었고, 돈이 있어야 시급이 높은 주말 아르바이트를 당당히 포기할 수 있었다. 이제 내가 허물 다음 담장을 발견했다. '청년 세대'가 당도한 '청년 문제'. 더 넓은 세상과 만나기 위해 넘어야 할 나의 다음 담장이었다.

↘ 취향의 가능성

(스물여섯, 2015년 다시 찾아온 봄)

지난 활동을 갈무리하며 돈을 쓸 수 있는 능력만큼 우리가 만날 수 있다는 걸 알게 되었다. 편견과 시선을 뛰어넘어도, 장애의 물리적 한계를 함께 넘어도, 우리가 마주 보며 대화하기 위해선 몇 푼의 돈이 필요했다. 당장 움직일 수 있는 교통비와 허기를 해소할 수 있는 최소한의 소비능력 말이다.

슬프게도 일상을 유지하기 위한 지급 능력이 곧 우리의 연결을 좌우했다. 만나기 위해 시간을 팔자, 정작 서로를 마주할 시간이 부족해지는 아이러니. 한 시간을 만나기 위해선 언제나 시급 이상의 돈이 필요했고, 우리가 만날 수 있던 평일 저녁과 주말 시간은 시장에서 가장 판매 가치가 높은 노동시간이었다.

다음 주제는 명확했다. 시간을 팔지 않고도 청년이 서로를 만날 수 있도록 애를 쓰는 것, 돈이 없어도 부담 없이 관계 맺을 기회를 마련하는 것이 나의 다음 목표였다.

"나도 함께 할 수 있어요?" 다른 활동을 하다 우연히 만난 '혜란'이 내게 다가와 물었다. 혜란은 길어지는 취업 준비에 많이 지쳐있었다. 그리고 의미 있는 미래를 위해 무의미하게 쏟아내야 하는 지금이 그저 허무하다 했다. 또 다른 보람을 찾고 싶은 마음. 혜란에게도 지금 당장 살아있다는 감각이 필요했다. 커뮤니티로 장애의 사회적 인식을 넘어섰던 것처럼 청년 문제도 커뮤니티로 해결해보고 싶었다. 그렇게 스물여섯, 나는 취업 준비에 지쳐있던 또래들과 만나 청년 커뮤니티 '프로젝트 바람'을 시작했다.

'프로젝트 바람'은 가장 먼저 혼자 사는 청년들을 초대해 요리대회를 개최했다. 주제는 자취방에서 해 먹는 '나만의 레시피'. 오랜 자취 경력으로 쌓인 그들의 레시피는 독특함을 넘어 충격적이었는데 누구는 등푸른생선을 넣은 토스트를 만들었고, 누구는 본가에서 가져온 정체 모를 양념을 부어 생전 처음 맡아보는 냄새로 온 식당을 가득 채우기도 했다. 혼자라면 절대 만들어 먹지 않았을 것 같은 비주얼이었지만, 먹어봐야 깊은 맛을 안다며 꿋꿋하게 참석한 모든 사람에게 맛을 보여주는 청년도 있었다.

나의 음식을 권하고, 상대의 음식을 맛보는 경험은 소중했다. 시작은 분명 요리대회였지만 어느 순간 경쟁적 느낌의 '대회'는 흐릿해지고 일상적 '대화'만이 가득한 작은 사랑방이 열렸다. 앞서 만난 적이 없어도, 일상과 취향이 같음을 알게 되면 쉽게 우리가 될 수 있음을 알게 되었다. 옆 테이블의 소스를 빌리고, 남은 음식의 활용법과 가장 저렴한 식료품점의 정보를 공유할 때부터 우리의 관계는 이미 달라졌다.

나는 같은 취향의 가능성을 믿는다. 취향만이 대상과 세대를 넘어 우리가 만날 수 있는 유일한 열쇠이기 때문이다. 취향이 같다면 세대의 장벽도 넘을 수 있다. 내가 매일 지나쳤던 공원엔 어르신들이 삼삼오오 모여 장기를 두고 있었다. 그리고 마치 넘어갈 수 없는 선이라도 그어진 듯 청년들은 어르신들에게서 멀찌감치 떨어져 공원을 산책하곤 했다.

세대를 기준으로 바라본다면 청년은 분명히 이 공원과 어울리지 않는 집단이었다. 그런데 만약 세대가 아니라 취향을 중심으로 바라본다면 어떨까. 같은 취향을 공유한다면 다른 시간을 살아온 두 세대가 어울리고, 공원에 섞여 함께 마주 앉을 수 있지 않을까.

어느 봄날, 소셜 네트워크에 청년들은 모두 민주공원에 모이라는 짧은 광고 글을 올렸다. 대상은 장기 고수 어르신과 자웅을 겨룰 '장기를 좋아하는 청년'. 모집 글을 보고 수많은 청년이 모여들었다. 모두 장기를 좋아하지만 마주 앉은 상대가 없어 아쉬워하던 청년이었다. 우리는 너른 잔디밭을 장기판으로 가득 채워 '장기왕'을 뽑는 토너먼트형 대결을 시작했다. 곳곳에서 우렁차게 들려오는 '장군이요', '멍군이요' 공수가 오가는 소리.

같은 시대를 살지만 한마디의 말도 섞지 않던 세대가 서로에게 훈수를 두며 즐거워했다. 장기라는 공통의 취향 안에서 세대 간 대결 혹은 세대 간 격차는 존재하지 않았다. 취향 앞에선 모두가 친구였고 모두가 동등했다.

청년 커뮤니티 프로젝트 바람의 슬로건은 '우리의 바람이 바람이 되어' 였다. 우리의 바람은 많은 청년이 가벼운 주머니 때문에 자신의 관계를 포기하지 않는 것이었다. 매월 엉뚱한 프로젝트를 시도하고 청년들을 초대했던 건 세상과 만나고 지금 내가 살아있다는 느낌을 잃지 않기를 바랐기 때문이다.

— 많은 청년이 취업이란 '의미 있는 미래'를 위해 '오늘의 의미'를 점차 잃어간다. 숨 쉬고 있고, 존재한다는 감각 역시 점점 옅어지고 만다. 성과를 내기 위해 꼭 필요한 축적의 시간이지만, 지금은 이 고독의 시간이 너무 길어지고 있다. 어린 날의 바람은 아직도 살아 있다. 우리의 바람이 바람이 되어, 지친 청년들에게 산뜻한 바람으로 다가갈 수 있길 바란다. 오늘날 우리에겐 뜨거운 세상의 열기를 식히는 작은 산들바람이 여전히 필요하다.

↘ 나는 잎이 뾰족한 선인장이었어
(스물여섯, 2015년의 끝자락)

동료의 추천으로 작은 지원사업에 참여했다. 청년단체나 사회적 기업을 대상으로 해외 선진 사례 탐방을 지원하는 사업이었다. 사업계획서를 쓰는 것부터 정산까지 한 번도 해본 적 없던 우리가 서울과 부산을 오가는 고된 멘토링을 받은 시간이기도 하다. 하루하루가 실수였다. 쉽지 않은 길을 선택한 건 우리의 다음 스텝이 무엇이어야 할지에 대한 깊은 고민 때문이었다.

시간이 지나며 처음의 호응은 식어갔고 새로운 동기도 흐릿해졌다. 모든 일이 그렇듯 시작의 단계에선 쉽게 감당할 수 있던 소소한 현실의 문제들이, 시간이 지나자 뿌리가 깊어지고 잎이 넓어져 나의 발목을 잡는 넝쿨이 되었다. 뚜렷하지 않은 커뮤니티의 성과 앞에서 동료들도 점차 생계와 성과에 대한 부담을 느끼기 시작했다.

작은 불안은 곰팡이처럼 금세 퍼져 동료의 마음에

도 자리 잡았다. 여전히 각자가 해결해야 하는 생계였고, 커뮤니티의 선한 의도가 당장의 생존을 보장해주지 않는다는 것도 알게 되었다. 틈새를 파고든 감정은 고약하게도 매일 밤 나를 괴롭혔다. 무언가 새로운 구조를 짜야 한다는 조급함이 밀려왔다. 세상에 내보일 만한 성공이 아니더라도 이 길로 계속 나아가도 괜찮겠다는 '적당한 성과'가 필요했다.

눈에 보이는 여러 지원사업에 기획서를 넣었다. 어찌 되든 우리의 지난 걸음에 의미가 있는지 3자에 의한 냉정한 평가가 필요했다. 붙는다면 새로운 도전이 시작되는 것이고, 떨어진다 해도 간결한 문장으로 지난 활동을 정리할 계기가 될 테다. 이제 청년 커뮤니티 '프로젝트 바람'의 활동이 무엇을 남기는지 그래서 우린 무엇을 목표로 하는지 구체적인 언어로 설명할 필요가 있었다.

"그런데 '프로젝트 바람' 대표님은 왜 부산에 있는 다른 청년단체하고는 만나지 않죠? 청년을 위한 커뮤니티를 만들 거라 하셨는데 해외에 있는 청년들보다 같은 지역에 있는 청년 팀을 만나는 게 더 우선이지 않을까요?"

그런 불안 속에서 듣게 된 멘토의 말이다. 너희가 누구이고, 왜 활동하는지에 관해 묻는 본질적인 질문이었다. 그동안 서러울 만큼 모진 말을 듣고, '동아리 수준의 팀'이란 말에 웃음거리가 되어도 크게 개의치 않던 나인데 해외의 청년을 만나기 전에 같은 지역의 청년부터 먼저 만나라는 지적은 부끄러웠다. 화끈거리는 얼굴을 감출 수 없었다.

그건 내 안에 숨겨둔 경쟁심과 시기의 마음을 들켰기 때문이다. 당장 만나야 할 사람은 지금 옆에 있는 동료란 걸 이미 알고 있었지만, 외면해온 정답이었다. 그동안 나는 같은 목표와 꿈을 가진 동료를 선별했고, 나와 얼마나 일치하는지에 따라 당기거나 밀어냈다.

솔직한 마음은 내가 운영하는 단체가 지역에서 가장 크고 가장 의미 있는 커뮤니티가 되는 것이었다. 다른 단체는 늘 그랬듯 이기고 올라서야 하는 라이벌일 뿐 내가 부르짖었던 '청년'에 그들은 포함되지 않았다. 내가 말한 '커뮤니티의 청년'은 정확히 반쪽짜리였던 셈이다.

처음부터 내가 살아가는 지역은 좁지 않았다. 다른 단체를 향한 내면의 시기와 질투가 오히려 도시 속의 나를 외롭고 좁게 만들었다. 내가 사는 지역은 결코 좁지 않았다. 나의 작은 마음이 오히려 나의 지역을 좁게 만든 것이다.

가장 큰 커뮤니티가 되고 싶다는 바람을 바꿔보기로 했다. 나의 단체가 부산에서 제일 빛나는 거대한 커뮤니티가 되는 것이 아니라, 다른 청년단체들과 함께 서로를 위하는 '보다 큰 단위의 커뮤니티'를 만드는 것에 새로운 의미를 두었다.

멘토의 꾸짖음을 듣고 부산에 내려와 당장 곁에 있는 팀부터 만나기 시작했다. '그때 내어줬던 도움을 외면해서 미안하다, 내 마음이 너무 작아 경쟁자로만 생각했다, 앞으론 더 자주 보고 함께 고민하자.' 술기운에 말하고 싶지 않아 수저가 깔리기도 전에 서둘러 말한 고백이었다. 나의 솔직함은 너의 솔직함을 꺼냈고, 각자의 마음에 스며들었던 경쟁의 논리와 지난 언어가 꺼내졌다. 우린 곧 경쟁자에서 동료가 되어 함께 새로운 꿈을 꾸기 시작했다.

함께 지원사업에 참여했던 다른 팀들은 유럽과 캐나다, 일본을 다녀왔다. 그들의 여정과 실험이 담긴 최종 발표를 듣고 기쁜 박수를 보냈다. 결국 우리 팀은 해외 탐방을 가지 못했지만, 그 과정에서 해외의 청년만큼 낯설고 중요한 존재를 만날 수 있었다. 마치 선인장처럼 '뻣뻣한 고개와 가시 돋친 내 모습'과 나와 같은 표정으로 고민하는 지역의 동료들이다.

선인장은 삭막한 사막에서 자신의 수분을 지키기 위해 넓은 잎사귀를 줄이고 줄이다 결국 뾰족한 가시로 제 잎사귀를 다듬고 말았다. 선인장처럼 홀로 버텨왔던 지난 시간의 관성이 나를 뾰족하고 날카롭게 만들었다. 누군가에게 의지하고 빼곡히 엮인 공동체적 삶이 어려웠던 건 무엇보다 내 잎사귀가 가시였던 것에 이유가 있었다.

이제야 진정한 나를 만났다. 세상을 바꾸는 일보다 어려운 건 나를 넘어서는 일이다. 거친 사막 속 거대한 선인장이 될지, 울창한 숲속의 소담한 나무가 될지는 내가 나의 잎사귀를 어찌 만드느냐에 따라 달라질 것이다.

만약 오늘 멘토의 따끔한 질문을 다시 받는다면 부끄럽지 않게 말할 수 있다. 드디어 커뮤니티를 나의 단어로 마주하고 있다고. 어제까지 걷던 길에서 벗어나 동료와 함께 낯선 길을 걸어가고 있다고 당당히 말할 수 있다.

내가 서 있는 땅이 사막인지 숲인지 아직은 알지 못하지만 뿌려진 씨앗의 지향은 확고하다. 나는 수많은 사람이 쉴 수 있는 나무를 향할 것이다. 더 큰 커뮤니티를 위한 나무, 동료와 함께 생태계를 만드는 숲의 일부가 될 것이다.

↘ 곁에 두는 것만이 전부가 아냐

(스물일곱, 2016년 시작)

지역 청년단체와의 만남은 새로운 연결을 위한 계기가 되었다. 경쟁하지 않고 함께 시도해보자는 용기에 고맙게도 다들 기꺼이 응답해준 것이다. 각자의 공간이 없어 활동을 꾸준히 이어가기 어려웠던 단체들이 서로의 필요를 동기로 모여 '비밀기지'란 공간을 함께 다듬어냈다. 비밀기지는 '히어로 스토리', '청소년문화단체 사이', '소울', '별난 예술가', '부산 공감' 그리고 '프로젝트 바람'이 입주한 공유사무실이자 커뮤니티들의 커뮤니티였다.

경쟁을 멈추자 조금 더 구체적인 협업이 이루어졌다. 비밀기지에서 누구는 댄스와 음악으로, 누구는 토론과 스터디로, 누구는 청소년을 향한 프로그램으로 열망을 쏟아내고 변형했다. 모두가 함께 쓸 수 있는 공간이 확보되자 각자 시도하던 개별적인 활동이 하나의 움직임으로 이어지기 시작한 것이다.

비밀기지로 얻은 가장 큰 기쁨은 나 혼자 꿈을 꾸고 있지 않다는 확신이었다. 나와 같은 길을 걷는 사람이 곁에 있다는 사실, 동료와 함께 상상하고 시도한다는 사실은 어떤 것보다 깊은 안정감을 주었다. 우린 서로의 뒷모습을 보며 새로운 걸 배웠고 홀로 계획했던 많은 길을 다 들어갔다.

그동안 새로운 가능성은 외부에 있다고만 여겼던 나인데, 변화의 가능성은 외면했던 주위와 내가 '외면했던 대상'에 이미 깃들어있었다. 내게 힘을 준 건 매일 동료들과 함께 나눈 각자의 성과와 열패감에 대한 소소한 대화였다. 시답지 않은 대화에 무슨 의미가 있느냐 묻겠지마는 부지런히 대화를 건네다 보면 복잡하던 머리의 막연함이 사라지고 또렷함만 남게 됨을 알 수 있다. 희망은 결국 부지런함의 결과이기 때문이다. 비생산적인 그 무엇이라도 부지런히 행하다 보면 숨겨진 희망을 찾을 수 있다.

기죽지 않는 정신, 활력에 찬 기대. 다음 빈틈을 찾는 시선이 우리의 성과였다. 그리고 모든 일에 양면이 있듯 비밀기지에도 모두가 공감할 성과와 함께 외부에는 보이지 않는 미세한 균열이 숨어들었다. 곁에 두는 것이 전부가 아니었지만, 우리는 그 사실을 쉽게 간과하고 만 것이다.

우선 공간 운영진의 비전이 일치하지 않았다. 누구는 '지역의 청년단체를 모으고 시민사회와 원활히 소통하는 단체'를 원했고, 누구는 '청년과 함께 지역 청소년의 꿈을 함께 응원하고 지지하는 공간'을, 나는 '청년의 삶과 어려움'에 보다 집중하는 공간을 원했다. 미세한 차이였지만 분명히 다른 지향이었다. 우리가 다르다는 것을 인정하고 빠른 해법을 모색하면 좋았겠지만, 시간의 흐름이 자연스레 해결해주길 바라며 불편한 얘기는 뒤로 미루고 또 미루고 말았다.

커뮤니티의 개수와 관계의 강도는 일치하지 않았다. 겉으로의 연결이 넓어질수록 내부의 연결은 무뎌져 갔다. 현실을 바꾸려는 사람이라면 눈앞에 마주한 세상을 직시하고 냉정해야 했지만, 우린 현실적 문제는 아무도 다루지 않은 채 추상적인 가치에서만 구심점을 찾았다.

'이건 모두를 위한 일인데 왜 넌 참여하지 않는 거야?'

'청년을 위한 일인데 함께 해주면 좋잖아요!'

옳다는 정의 하나만으로 어느새 동료들에게 거센 언어를 외치고 있는 나였다. 가치가 선할수록 동료에 대한 압박도 따라 거세진다는 걸 그땐 알지 못했다. 가치의 깃발을 높이 내걸자 그늘은 넓게 드리워졌고 함께 하는 동료의 소소한 사정은 어두운 그늘에 가려 서서히 매몰되기 시작했다.

이렇게 모이기가 쉽지 않았기에 집단은 너무 소중해 보였고, 개인의 사정은 너무 사소해 보였다. 전체에 갇혀 개인이 사라지는 실수를 반복하고 만 것이다. 욕심이 거세질 때 멈춤을 꺼내야 했다. 면밀히 다듬어지지 않은 구조는 서로를 찌를 뿐이다. 물리적 공간을 하나로 만든다고 해서 우리의 방향과 목적, 필요까지 하나로 일치되진 않음을 너무 아프게 배웠다.

홀로 분투하다 6개의 단체, 20명이 넘는 지역의 동료를 만났고 새로운 청년 공간 비밀기지를 만들었다. 그리고 그곳에서 더욱더 많은 사람과 교류하고 더 많은 것을 실험했다. 많은 것이 여의치 않았지만, 분명 이곳에서의 시간은 내게 우리로 해낼 수 있는 시도와 의미를 찾게 해 준 소중한 도전이었다. 규모를 갖출수록 시스템이 필요하다는 걸 알게 되었다. 내가 더욱 내가 되고, 네가 더욱 네가 되기 위한 안전장치가 바로 시스템이다. 시스템은 '우리'라는 정체성에 개인이 빨려가지 않도록 서로를 보호하는 기준이 된다.

커뮤니티는 단순히 모아내는 것으로 이루어지지 않음을, 관계의 건강함은 서로를 사정을 존중하는 것에 있다는 것을 또 하나 알게 되었다. 한 차례의 아픈 배움이 있고 나서야 내가 만들고자 하는 커뮤니티의 모습이 구체적으로 그려진다. 나는 거대한 덩치를 가진 커뮤니티를 원하지 않는다. 온전한 개인으로 존재할 수 있는 커뮤니티, 전체 속에서 개인이 더욱 안전할 수 있는 커뮤니티가 내가 바라는 다음 스텝이었다.

↘ 커뮤니티로 문제를 해결할 수 있어
(스물여덟, 2017년의 성장)

그날의 슬픔은 꽤 오래 지속되었다. 2017년 8월. 연제구의 한 원룸에서 스물아홉의 청년이 숨진 채 발견되었다. 또다시 마주한 고독사. 외로운 죽음은 나이를 가리지 않았다. 취업이 어려워 아르바이트로 생계를 이어가던 청년이 누구에게도 도움을 청하지 못한 채 고독하게 생을 마감했다.

'안녕하신가요'

고립으로 인한 죽음. 고립사였다. 서로를 지켜낼 수 있는 안전망이 필요했지만, 사회적 안전망의 그물코는 너무 넓었다. 노인과 아동과 같이 사회가 보호해왔던 전통적인 약자가 아니라면 헐거운 그물에 걸리지 못한 채 끝이 보이지 않는 골짜기로 떨어졌다. 그들은 주로 경제 활동이 가능한 이들, 그리고 청년들이었다.

'청년일 때는 누구나 외롭고 아프고 힘든 법이니
열심히 노력하면 좋은 날이 올 거야.'

세상에 당연한 힘듦이 어디 있을까. 하지만 젊다는 이유로 청년들에게 가해지는 언어는 잔인하기만 했다. 흩날리는 서로를 붙잡기 위해선 더욱 촘촘하게 짜인 새로운 사회적 그물이 필요했다.

내가 할 수 있는 움직임이 무엇일까 고민할 때 '거버넌스'라는 생소한 단어로 청년들이 엮인 것을 보았다. 청년 세대가 겪는 문제를 공론화하고, 구조와 제도의 개선을 통해 사회적 해법을 모색하는 당사자 중심의 움직임이었다. 그동안 커뮤니티에 구체적인 힘이 있는지, 과연 커뮤니티가 누군가를 보호하고 문제를 해결하는 도구로 적합한지 고민했는데 거버넌스는 정확히 내 고민에 걸맞은 시험대였다.

'나의 필요에서 시작하는 정책, 나로부터 시작되는 문제 정의', 또래 청년들이 내세운 언어는 매력적이었다.

집단에 갇혀 다시는 개인을 잃지 않겠다는 나의 다짐과 그들의 언어는 이미 맞닿아 있었다.

무언가에 이끌리듯 부산 청년들의 사회 참여를 위한 모임 '부산청년정책네트워크'에 속해 본격적으로 그들의 살아가는 삶의 이야기를 듣기 시작했다. 가까이서 만난 청년의 이야기는 무겁고 아팠다. 매일 새벽 배달 노동을 이어가다 빗길 운전에 다치고도 온전한 보상을 받을 수 없는 이야기, 편의점 아르바이트를 하면서 노출되는 손님의 성적인 농담과 견딜 수 없는 모멸감에 대한 이야기, 앞만 보고 달려왔지만 채울 수 없는 공허함에 스며드는 우울감에 대한 이야기. 청년들의 상황과 성취는 달랐지만 내뱉은 고민은 모두 하나를 향했다.

우리는 모두 '나 다운 삶'을 찾고 싶어 했다. 내가 누구인지 찾고 싶고, 완전한 나로서 존재할 수 있는 노동을 하며, 미래를 더욱 구체적으로 그리고 싶어 했다. 하지만 당장의 삶을 유지하기 위해선 하루의 활력과 순간의 감정, 나의 웃음과 체력을 시간에 담아 판매해야 했다. 산업의 거대한 톱니바퀴는 인간으로 살기 위해, 오늘의 인간성을 포기하라고 요구했다. 기계처럼 서 있어야 했고, 기계처럼 웃어야 했으며, 기계처럼 고장 나선 안 되었다.

나다움을 찾기 위한 비용은 오롯이 청년 개인의 몫이었다. 이것이 '내'가 되기 위해 더 많은 연봉이 필요한 이유다. 청년이 원하는 것은 더 많은 기회의 획득과 삶의 안정감을 공고히 유지하는 것이었다. 하지만 외부에선 청년들의 욕구를 표면적으로 해석하여 이들이 원하는 건 더 많은 임금을 주는 양질의 일자리라고 말했다. 그렇게 사회와 청년의 괴리는 더욱더 깊어졌다.

높은 연봉을 향한 경쟁의 과정에 누구는 빠른 성과를 내었고 누구는 더딘 성과를 내었다. 성과를 내기 위해 농축된 개인들의 시간은 성적 증명서에 담기지 못했고 '평가되지 않는 과정'과 함께 완벽히 소멸하였다. 나를 찾기 위한 모든 노력이 청년 각자의 마음에 상처를 남겼다. 그렇다고 높은 연봉을 받으면 나로서 존재할 수 있을까. 그마저도 쉽지 않다. 비용의 상승곡선은 수입의 곡선보다 가팔랐다. 내게 발생하는 삶의 문제를 개인의 수입으로만 해결하는 건 어려운 일이다.

누구는 해석의 편의를 위해 '세대적 특징'을 정의했다. 하지만 '세대'란 단어 안에 다수의 삶은 엮이지 않았다. 같은 청년이어도 가족의 소득, 노출된 주변 환경에 따라 전혀 다른 고민을 보였다. 최저시급과 주거 불안과 같은 실질적 고민이 누군가에겐 와닿지 않는 이야기였고, 이미 기울어진 운동장을 더 기울이자는 말이 누군가에겐 경쟁 구조의 강화를 통해 절차적 공정함을 유지하자는 이야기로 꺼내졌다. 서로의 다른 고민은 격차로 해석돼 수저로 이어졌다. 우린 동질 집단으로 엮였지만 분명 균질하지 않았다. 같다고 생각할수록 드러나 버린 청년의 미세한 간극은 서로를 더 외롭게 만들었다.

'안녕하신가요'

문제를 완화하고 해법을 찾기 위한 방법은 서로를 면밀히 돌보는 것뿐이다. 우리에게 필요한 건 서로의 안부를 묻는 가벼운 일상 언어의 회복, 각자의 힘듦을 겪고 있는 청년에게 건네는 개인적인 안부가 훨씬 더 중요했다.

'오늘 하루 고생 많았어요. 잘 지내나요?
식사는 하셨지요?'

거버넌스에서의 경험은 커뮤니티가 가진 힘과 커뮤니티가 좇아야 할 언어가 무엇인지 내게 알려 주었다. 안부라는 가로줄과 안녕이란 세로줄로 서로를 붙잡기 위해 나는 이제 더욱더 낮은 자리, 서로의 일상이 부딪히는 자리로 향해야 했다.

↘ 돌아보니 모두 커뮤니티였다

(스물아홉, 2018년의 도전)

스물아홉의 나. 지난 6년간 헤매듯 어지럽게도 걸어 다녔다. 번 아웃. 너무 많은 만남과 너무 많은 이별을 했던 탓일까. 강렬했던 지난 시간의 열기가 나의 모든 것을 녹여버렸다. 완벽하게 소진된 느낌. 오래도록 이어질 줄 알았던 모든 연결이 짧게만 끝나 버렸다. 유연하다고 생각했던 나의 선택도 지나고 보니 모두 얕기만 한 경험이었다. 헤매는 나의 모습이 꼭 뿌리내리지 못하고 바람 따라 날아다니는 민들레 홀씨 같았다.

타인의 감정에 집중하다 보니 시끄럽게 울리는 내면의 경고음을 지나쳐버렸다. 기록적인 폭염이 유례없는 혹한으로 이어지듯 타인과 강하게 연결되었던 시간은 그만큼의 강한 반동을 남겼고, 너무 지쳐 더 버틸 수 없던 나는 동시에 모든 활동을 접고 도망치듯 숨어버리고 말았다. 이젠 타인의 시선이 아닌 나의 내면, 그동안 외면했던 내 마음의 소리에 귀를 기울여야 했다.

조금은 단순한 업을 통해 나의 일상을 다시 추스르기로 했다. 무엇보다 내가 책임질 수 없는 거대한 가치는 말하고 싶지 않았다. 가장 먼저 구한 일은 건물 계단 청소였다. 청소의 단출한 과정과 육체노동은 어지럽던 머리를 깨끗하게 비워주었다. 새벽 일찍 집을 나서 개조된 트럭을 타고 사수와 짝을 이뤄 부산 전역을 돌았다. 두 딸의 아버지였던 사수에겐 꿈이 있었는데 용역회사에서 독립해 자신만의 트럭을 몰며 자신만의 청소회사를 운영하는 거였다.

그는 매일 새벽 일찍 일어나 트럭을 닦았고, 걸레를 빨았으며, 탱크에 물을 채웠다. 그와 함께 다니는 아침이 좋았다. 물론 몸이 무겁고 일손이 빠릿빠릿하지 않은 내게 얄미운 핀잔을 주기도 했지만, 룸미러 밑에 매달려 흔들리는 그의 가족사진이 보기 좋았고 바쁘게 부산을 달리며 바라보았던 아침 햇살이 좋았다.

청소로 몸은 고되었지만, 마음은 편안했다. 무엇보다 간단한 미션이 좋았다. 내 몫은 눈앞에 보이는 검은 때를 열심히 닦아내는 것뿐이었다. 그동안 내가 부딪혀

온 미션들과 달리 조금만 집중해서 땀을 흘리면 눈부시게 드러나는 노동의 결과였다. 그래서일까. 나는 반짝반짝 빛나는 물청소와 기름 광 청소를 가장 좋아했다. 그렇게 몇 번의 계절을 보냈다. 사람을 만나고 감정을 사용하던 내가, 사람을 끊고 오롯이 나에게만 침잠할 수 있던 시간이었다.

꽤 깊게 나를 돌아보았다. 무엇에 약하고 무엇을 잃어왔는지 돌아보았다. 새로운 꿈이 없었다. 내가 타인의 안부를 물었던 것처럼 누군가도 나에게 안부를 물어봐주길 바랐다. 하지만 아무도 없었다. 내게 남은 바람이 있다면 완성되지 못한 지난 시간을 다시 연결하는 것뿐이었다. 이젠 거대함에 매몰되지 않고 눈앞에 있는 순간의 사람들과 연결되고 싶었고, 제각각의 스토리로 흩어져있던 나의 이야기를 모아 의미 있는 하나의 흐름으로 다시 연결하고 싶었다. 도망쳐 도착한 곳에서 발견한 단순한 일상이 내가 어떤 길을 걸어왔고, 내가 누구인지를 여실히 보여주었다.

그때 지역에서 청년 활동과 문화기획을 하던 맹꽁('생각하는 바다' 대표)이 새로운 공간을 준비한다며 연락을 주었다. 그의 전화를 받고 광안리 끝자락 민락동 어느 지하 공간으로 향했다. 즐비한 수산시장의 풍경과 달리 공간은 따뜻한 색감의 벽돌로 덮여있었고 노란 불빛의 조명이 넓은 홀을 채우고 있었다. 공간은 이미 그 자체의 분위기만으로 안락함과 포근함을 내뿜고 있었다.

그날 우리는 많은 대화를 나누었다. 더는 당위에 따라 흔들리지 않겠다 다짐했던 내가, 그의 입에서 나온 '살롱을 만들고 싶다'는 말에 새로운 상상을 시작해버렸다. 가까운 과거, '잃어버린 세대(Lost Generation)'가 서로를 만나던 공간. 뒤틀리고 불안한 시대를 건던 이들이 서로를 만나 용기와 계기가 되었던 공간. 그 작고 농밀한 관계의 공간인 살롱을 오늘 이 도시에서 다시 만들 수 있을까.

거대함을 좇지 않으면서도 삶을 외면하지 않는 살롱을 만들 수 있다면, 이런 형태의 도전이라면 나의 다듬지 못한 지난 시간을 다시 갈무리할 수 있을 것 같았다. 나는 이제 눈을 맞추고 어깨를 두드려줄 수 있는 가까운 관계의 공간을 향할 수 있다.

공간 천장의 낡은 페인트를 긁어내고 깔끔한 흰색 페인트와 함께 새로운 전구의 불빛을 밝혔다. 한때 바다였던 곳을 매립한 민락동 광안리 포구의 어느 지하 공간. 과거의 바닷속에서 새로운 꿈을 품은 바다가 문을 열었다. 이곳에 품은 바람은 하나다. 다양한 지류가 만나 하나의 바다로 모이듯, 내 지난 흐름 모두를 이곳 바다에서 결합할 것이다. 경쟁과 비교의 서툰 마음을 벗어나고, 자존심으로 사과를 미루지 않고, 아쉽던 지난 실수를 넘어 다시 사람과 만날 것이다.

'생각하는 바다'라는 이름엔 목적어가 담겨 있지 않다. 내가 했던 모든 활동 중 유일하게 목적을 설정하지 않고 시작한 시도이다. 비어있는 목적어의 자리엔 무수히 많은 이야기가 담길 것이다. 당연하게 생각해온 것부터 존재하지 않던 발칙한 생각까지, 공백의 자리는 함께 연결된 사람의 개성에 맞춰 매일 새로움을 향할 것이다.

짜디짠 바닷냄새가 가득한 부산 광안리의 곁에서 일을 꾸미는 건 설레는 일이다. 하지만 가볍게 밀려오고, 가볍게 떠나가는 파도가 시작에 앞서 너무 고양되지 않도록 나의 마음을 가다듬어 준다.

광안리 바다에 앉아 생각한다. 나와, 당신과 우리의 만남을. 우리가 어떻게 만나 무슨 대화를 나눠야 할지 어두운 바다를 바라보며 고요히 생각에 잠겨본다.

오늘도 만나는 중입니다

이젠 광안리 지하 살롱 '생각하는 바다'에서
매일 같은 하루를 보내고 있다.

다양한 주제, 다양한 세대를 대상으로
세상 속에서 세상과 다른 커뮤니티를 만들어간다.

2부에는 당신과 내가 만났던 이야기가 담겨 있다.

'오늘도 만나는 중입니다'

생각하는 바다는 당신을 기다리며
오늘도 여전히 밝게 빛나고 있다.

↘ "커뮤니티 기획자보다는 커뮤니티 매니저"

생각하는 바다에 결합해 가장 처음 시작한 커뮤니티는 〈철학 반찬〉이다. 〈철학 반찬〉은 매월 마지막 금요일, 철학적 문답을 나눌 키워드를 정해 계절에 맞는 저녁 메뉴를 곁들이며 음식과 대화를 함께 나누는 프로그램이었다. 둔하디둔한 미각이라 요리엔 젬병이고 철학도 전공하지 않은 내가 뜬금없이 요리와 철학이 결합한 프로그램이라니. 전혀 연관이 없던 두 주제와 내가 연결된 건 오래 알고 지내던 한 사람, 그의 단 한 마디 때문이었다.

청년 커뮤니티 프로젝트 바람으로 활동하던 시절 창원에서 철학을 전공하던 대학생 아토(별명)와 처음 만났다. 아토는 철학전공이 통폐합되는 상황에서도 끝까지 남아 자신만의 공부를 당당히 이어가던 학생이었다. 모두 떠난 강의실에 홀로 앉아 교수님과 1대 1 수업을 이어갔던 아토.

늘 서글서글 웃으며 말하던 친구였지만, 자기가 사랑하는 '철학'에 대해 말할 때면 형용할 수 없는 힘이 눈에 가득 실리곤 했다. 아토는 철학이란 '높은 강단이 아닌 일상 속에서 펼쳐지는 대화의 장'이란 말과 함께 언젠간 사람들과 함께 둘러앉아 자신이 만든 요리를 맛있게 나누며 철학적 대화를 주고받고 싶다 했다.

꿈꾸는 청년 아토에게서 커뮤니티 기획자로서의 새로운 가능성이 보였다. 내겐 세상에 없던 무언가를 발견하는 독창적 시선이 없다. 그런 내가 시도할 수 있는 최선의 창조성은 연결되지 않던 두 대상을 연결하고, 주목하지 않던 장소에서 시도하고, 익숙한 사람에게서 색다른 가능성을 발견하는 것. 이것이 내가 도달할 수 있는 최선의 창조성이었다.

곧바로 4구 가스버너와 오븐, 넓은 홀이 있는 생각하는 바다에 아토를 초대하고, 철학을 좋아하는 부산의 청년들을 초대했다. 아토는 〈철학 반찬〉이란 프로그램의 주제와 얼개를 맡았다. 다음 과제는 디테일. 구체적으로 어떤 방식의 대화법이 좋을지, 음식 나눔의 방법,

휴식 시간은 얼마나 부여하는 게 좋을지와 같이 프로그램 진행과 대화의 흐름에 대한 고민은 내가 맡았다.

아토는 매회 새로운 주제와 질문을 준비했다. 그는 프로그램을 꿰뚫을 줄기 질문을 던지는 '진행자'이자 '기획자'였다. 나는 커뮤니티가 진행되는 동안 미묘하게 변화하는 참가자의 표정에 주목하며 대화에서 멀어진 이를 다시 관심의 중심으로 초대하는 '촉진자'와 커뮤니티의 유기적 운영을 관리하는 '매니저'의 역할을 맡았다. 각자의 삶을 살던 지난 시간의 우리가 커뮤니티 기획자와 커뮤니티 매니저로 만나 이전에 없던 새로운 프로그램을 함께 준비하게 되었다.

<철학 반찬>엔 재밌는 요소가 여럿 숨어있었다. 먼저 당회 참가자가 다음 프로그램의 음식 메뉴와 주제를 정한다는 규칙이었다. 가령 <철학 반찬> 6회 '자유' 편에 참여한 이들이 7회 모임 주제로 '죽음'을 정하고 다음 회에 먹고 싶은 메뉴를 말했다. 메뉴는 또띠아 피자 3종 세트부터, 떡볶이, 김치찌개, 메밀국수까지. 참가자가 자발적으로 내놓는 요리는 늘 예상을 넘어섰는데 그중에서도 가장 난도가 높았던 건 초계 국수였다.

우린 초계 국수를 준비하기 위해 프로그램 두 시간 전부터 닭을 끓였다. 그리고 거기서 끝나지 않고 넓은 책상에 앉아 닭의 살결을 하나하나 손으로 정리해야 했다. 커뮤니티 매니저는 이처럼 드러날 때보다 드러나지 않을 때의 일이 더 많다. 참가자들이 말한 메뉴를 준비하기 위해 아침 장보기부터 닭 발골까지 상상하지 못한 일의 연속이다. 하지만 참여자의 니즈와 운영자의 철학 사이에서 현실의 중력을 부여하는 것 역시 결국 매니저의 몫이다.

우리가 의도한 컨셉은 너무 닫혀있지도 너무 느슨하지도 않은, 참여자의 선택으로 자유롭게 변형되는 프로그램이었다. 우리는 커뮤니티의 공통된 규칙과 외형만 잡을 뿐 내용을 채우는 건 오롯이 참가자의 몫으로 남겨두었다. 이렇게 열어둔 변수가 매월 반복적으로 진행되는 프로그램에 새로운 생명력을 불어넣기 때문이다.

그리고 〈철학 반찬〉엔 '인지의 장막'이라 불리는 고유한 커뮤니티 규칙이 있었다. 참가자는 자신의 이름, 나이, 직업을 말하지 않고 오직 닉네임으로만 2시간 30분의 프로그램을 참가해야 했다. 프로그램 신청서에서도 참가자의 이름을 요구하지 않고 당일 프로그램에서만 사용할 닉네임을 적게 했다.

'은는이가', '여행', '달', '역시', '인생홈런'. 참가자는 오늘 하루 중 가장 인상 깊은 단어를 닉네임으로 선택하기도 했고, 좌우명 혹은 가장 좋아하는 단어를 선택하기도 했다. 이름을 없애자 오히려 더 많은 이야기가 담겼다. 우린 닉네임을 통해 서로의 하루가 어땠는지를 들었고, 꿈과 취향에 대해 알게 되었다.

아토와 나는 1월에 시작해 11월까지 네 개의 계절을 함께 보내며 매월 새로운 경험을 쌓아갔다. 우리 각자에겐 고유한 스토리가 있다. 하지만 그 고유한 스토리를 발견하고 지지하고 꺼내주는 건 그와 가까운 주변의 몫이다. 줄탁동시(啐啄同時). 외부의 끌어당김이 없다면 가치 있는 개인의 이야기는 쉽게 꺼내지지 않는다. 아토의 첫 바람을 듣는 순간부터 잊혀진 '밥상머리 철학'을 다시 꺼내 보고 싶었다. 밥을 먹으며 가장 가까운 사람의 철학을 마주하는 시간 말이다.

최근 동료들과 함께 있으면 '기획'이란 단어를 자주 듣게 된다. 여기에 지칭의 언어가 붙어 '기획자'라는 수식도 생겨나는데 내가 기획자라 불릴 때면 민망하기 그지없다. 아직도 '기획'이란 단어는 내게 어렵고 모호하기만 해서다. 나는 기획자라는 단어보다 매니저라는 단어가 좋다. 누군가 집중할 수 있도록 보조하고 환경을 조성하는 일이 나의 방식과 더 많이 닮았다. 셜록 옆에 왓슨이, 캡틴 아메리카 옆에 팔콘이 있는 것처럼 하나의 커뮤니티가 진행될 때마다 주인공의 곁에서 보조하고 참가자의 감정과 대화를 더욱 신선하게 유지하는 역할이 내겐 훨씬 재미난 일이다.

이제 앞서 나서지 않고 누군가를 보조하고 지원하는 역할이 되었지만, 이제야 비로소 내게 맞는 옷을 입은 기분이, 내게 맞는 커뮤니티에 한 걸음 더 다가간 것 같은 생각이 든다.

고고해 보이는 오리도 수면 아래에선 쉼 없이 양발을 움직인다. 추상적일 수밖에 없는 '관계'를 만들기 위해선 드러나지 않은 일에 집중하는 누군가가 필요한 것이다. 한참을 헤매고 나서야 나는 드디어 만남이 아닌 관계를 향하는 사람이 되었다. 나는 커뮤니티 기획자보다는 커뮤니티 매니저가 훨씬 좋다.

↘ "매니저님 혹시 제 앞에 계셨던 분 연락처를 알 수 있을까요?"

커뮤니티를 진행하다 보면 다양한 목표를 가진 분을 만나게 된다. 순수한 철학을 좇고자 오시는 분도 있고, 지적 성장의 기쁨을 찾으려는 분도 있고, 무료한 일상에 신선한 자극을 주려는 분도 있다. 이렇게 다양한 이유로 다가오는 사람을 만나다 보니 한 번씩 정말 당황스러운 경우가 생기기도 한다. 아무리 열심히 프로그램을 진행해도 전혀 나를 바라보지 않고 눈에 띄게, 단 한 사람만 바라보는 분을 만날 때이다.

공간에 오자마자 두리번두리번 다른 참석자를 먼저 바라보니 말하지 않아도 어떤 계획으로 왔는지 알 수 있다. 목표가 과하면 역효과만 날 텐데 안타깝게도 당사자만 모르는 분위기다. '저기요- 너무 티가 많이 나서요. 조금만 힘을 빼면... 오히려 가능성이 높지 않을까요?' 지나친 감정보단 조금 아쉬운 감정이 나을 텐데, 안타까움에 다가가 소곤소곤 조언해주고 싶지만, 이미 떠나버린 폭주 기관차다.

개인의 목적이 강한 분을 만나면 준비해둔 프로그램을 원활히 끌어가기 어렵지만, 그래도 딱히 방법이 없다. 신청받을 때부터 '자, 솔직히 답하세요. 당신의 내재된 욕망은 무엇인가요?'라고 미리 물어볼 수도 없지 않은가. 그리고 낯선 사람에게서 받는 신선한 자극과 새로운 관계에 대한 기대가 커뮤니티를 움직이게 하는 내면의 동력인 걸 알기에, 나는 그저 서툰 접근이 상대에게 폭력이 되지 않도록 면밀히 살피고 적절한 라인을 앞서 정하는 일을 서둘러 할 뿐이다.

어느 여름날이었다. 길게 이어진 프로그램 중 잠시 10분 정도 쉬어갈 때 한 참석자가 내 주변을 한참 맴돌다 다가와 물었다. "매니저님, 혹시 제 앞에 계셨던 분 연락처를 알 수 있을까요?" 이런 상황을 미리 대비해 두진 않았지만, 답변을 크게 고민할 것도 없다. 간결히 전한 답변.

"프로그램을 위해 제공해준 개인정보라 제가 마음대로 사용할 순 없어요. 여기서 직접 여쭤보시는 건 어떤가요?

눈을 마주치고 여쭤보시는 게 훨씬 좋을 것 같은데요."

나의 대답을 듣고 그에게서 잠시 결연한 눈빛이 스쳤지만, 결국 아무 말도 꺼내지 못한 채 프로그램은 끝나고 말았다. 문제는 다음 날 아침 내게 온 문자였는데 '안 되는 걸 알지만... 그래도 너무 아쉬워서요. 정말 그분 연락처를 받을 수 없을까요?'라는 내용이 담겨 있었다. 역시 크게 고민할 것도 없는 답변.

"네. 드릴 수가 없네요. 저는 커뮤니티가 끝나면 신청서를 삭제하거든요."

아마 그분은 관리자의 뻔뻔한 변명이라 생각했겠지만 정말이다. 나는 무엇보다 깔끔한 커뮤니티를 선호하기에 프로그램이 끝나면 신청서를 삭제한다. 프로그램 종료와 함께 삭제되는 전화번호로 누군가는 편안함을 느낄 거라고 생각하기 때문이다. 그렇지 않아도 질척이는 세상 속 이렇게 타인과 가볍게 마주하고 완전히 소멸하는 관계가 하나쯤은 있어야 하지 않을까. 세상 속에서 세상의 흐름과 다른 관계를 경험케 하는 것이 내가 유지하는 커뮤니티의 차별점이자 가장 큰 지향이다. (그리고 프로그램 내용에 따라 굳이 참가자 이름을 묻지 않고, 성별도 묻지 않는 편이다. 웬만하면 성별은 정말 필요 없기도 하다)

커뮤니티 매니저라고 해서 참여하는 사람들의 목적과 감정을 모두 조정할 수 있는 것은 아니다. 하지만 커뮤니티의 참여자를 위해 진지한 환경을 조성하는 것 또한 그들에 대한 예의이기도 하다. 나의 가장 큰 책임은 타인을 향한 욕망과 감정의 언어를 조절하고 서로의 거리가 너무 가까워지지 않도록 충분히 개입하는 것에 있다.

커뮤니티 매니저가 제공하는 건 새로움과 가능성의 장이다. 당신만의 커뮤니티를 맺어 주는 건 나의 역할이 아니다.

그러니 커뮤니티에 참여하는 그대여. 부드러운 말과 행동, 상대를 존중하는 진지한 마음으로 용기 내시라. 마음을 울린 사람이 있다면, 순간의 마음을 꽉 붙잡아 부디 용기 내 당신이 이루고 싶은 커뮤니티로 직접 초대하길 바란다. 물론 어떤 커뮤니티든 참여 내용과 규칙에 가장 먼저 충실해야 한다는 점은 잊지 마시고.

↘ "오늘도 당신과 만나는 중입니다"

그 카페엔 크리스마스트리가 놓여있었고 우린 각자 목도리를 매고 있었으니 대강 12월이나 1월의 어느 겨울이라 짐작해본다. 이십 대 후반, 시민사회 활동을 하며 만났던 형의 부탁으로 전국적으로 진행되는 작은 그룹 인터뷰에 참여했다. 그리고 그곳에서 만난 익숙한 얼굴.

"너 동준이 맞지? 야- 오랜만이다."

느닷없는 인사에 당황했지만, 다행히 상대가 서운함을 느끼기 전 서둘러 옛 기억을 떠올렸다. 달라진 얼굴에서 발견한 중학교 시절의 앳된 얼굴. 함께 학창 시절을 보냈던 친구 '눈썹'(별명)이 내게 반가운 인사를 건넸다. 나는 지금도 낯을 많이 가리는 편이지만 십 대 시절엔 간단한 인사말도 건네지 못할 정도로 부끄러움을 많이 탔다. 활발하지 못한 성격 탓에 늘 조용히 있던 아이가 어느새 '커뮤니티 매니저'란 직책으로 인터뷰 자리에 나타났으니 아마 친구도 적잖이 당황했을 것이다.

인터뷰가 끝나자마자 우린 다르게 살아온 서로의 시간을 짐작하려 이런저런 질문을 마구 던졌다. 눈썹은 2년 전, 부산에서 열심히 취업 준비하다 서울에 있는 사회적 기업에 취업하게 되었고, 그렇게 공공영역의 중심과 곁을 오가며 꿋꿋이 버티고 있었다. 나 역시 다니던 대학을 그만두고 다양한 주제에 따라 부유하며 사회운동과 사회활동의 경계에 모호하게 머물다 커뮤니티란 영역까지 당도하게 되었다. 고민의 결이 비슷했던 우리는 밤늦도록 서로의 이야기를 묻고 또 꺼내 들었다.

몸도 마음도 많이 지쳐 이제 새로운 길을 모색하고 싶다던 '눈썹'. 눈썹은 해가 바뀌고 불현듯 회사를 정리하고 부산으로 내려와 이제부터는 아티스트로서 음악을 만들며 꾸준히 살고 싶다고 했다. 그가 어떤 음악을 만들고 싶은지 궁금해졌다.

눈썹은 개인의 내면에서 꺼내지는 소소한 이야기로

세상에 하나밖에 없는 나만의 자작곡을 만들어보고 싶다 했다. 그리고 동네에서 마주치는 이웃들과 함께 자작곡을 만드는 워크숍을 진행하고 싶어 했다. 누구나 자신의 이야기에 흥얼거리는 음정만 더하면 세상에 없던 나만의 노래를 만들 수 있다며 말이다.

진지함과 두려움이 동시에 스치는 얼굴. 익숙하다. 옛 동창의 얼굴이어서 그런 것이 아니다. 지금 눈썹이 짓는 표정은 새로운 도전을 앞두었던 내 지난 동료들의 얼굴, 아토와 익스, 그리고 청년 활동 동료들의 얼굴과 닮았다. 도전하는 사람의 표정은 모두 비슷한 걸까. 새로운 꿈을 꾸는 친구 앞에 나는 '그래 함께 해보자'라는 조금은 당돌하고 선부른 다짐을 내뱉고 말았다.

프로그램에 대한 구체적인 기획 혹은 성공 가능성을 따지고 건넨 말은 아니었다. 그저 음악을 좇아 모두가 서울로 상경할 때에 다시 지역 정착을 고민하는 옛친구를 응원하고 곁에서 힘이 되고 싶었다. 내가 머무는 공간에서, 또 앞으로 같은 영역에서 고군분투할 동료로서 새롭게 시작할 친구의 이야기에 조금이나마 보탬이 되고 싶었다.

눈썹과 나는 매주 회의를 거듭하며 프로그램의 디자인과 구체적인 커리큘럼을 다듬어갔다. 마치 앨범 커버 사진을 찍듯 광안리 바다로 나가 신나게 포즈를 잡기도 하고, 사람들을 설득할 홍보문구를 다듬으며 우리만의 첫 번째 자작곡 워크숍을 준비했다. 그렇게 3개월의 시간이 지나고 프로그램의 홍보를 본격적으로 시작할 때, 눈썹은 무척 두려워하며 내게 말했다.

"그런데 동준아, 내가 이런 클래스를 진행해도 될까?
부산에 나보다 더 잘하는 분들도 많고.
내가 아직 싱어송라이터라 불릴 수 있는지 모르겠고.
클래스를 제대로 진행할 자신이 아직은 없는 것 같아."

나의 계획이 정말 의미 있을지, 내가 이것을 시도할 자격이 될지에 대한 염려는 귀중하다. 이는 기획자가 자신의 커뮤니티를 얼마나 진지하게 대하는지 알 수 있는 귀한 척도가 되기 때문이다. 눈썹은 능숙하진 않았지만, 누구보다 진지했다. 시작의 단계에선 이런 진지함이, 최초의 바람을 더욱더 거세게 추동하는 동력이 된다. 그리고 이런 염려는 성공하고 싶고 유명해지고 싶다는 개인적 욕망보다 처음의 바람을 지속해 나갈 훨씬 강한 힘이 있다.

눈썹은 아직 시도된 적 없는 프로그램이고, 사람들이 돈을 내고 참가하기엔 너무 부족한 프로그램 같다며 커뮤니티의 참가비를 낮추자고 말했다. 하지만 나는 양보할 수 없었다. 시작부터 적정한 가격을 책정해야만 다음 도전을 짐작할 수 있다. 도입의 단계에서 가장 먼저 확보해야 하는 건 앞으로도 커뮤니티를 이어갈 수 있겠다는 기획자의 '작은 희망'이기 때문이다.

커뮤니티 매니저로서 가장 중요하게 생각한 부분은 생계를 해결할 정도의 큰 수입은 아니더라도 눈썹 스스로가 '커뮤니티를 통해 적절한 활동비를 받을 수 있겠다'라는 기대를 품게 하는 것이었다. 커뮤니티의 동력은 언제나 기획자의 기대에서 비롯된다. 내 삶의 문제를 해결할 수 있겠다는 기대, 내가 열심히 준비하면 더 재미있는 작업이 가능하겠다는 기대가 커뮤니티를 녹슬지 않게 만든다. 내 목적은 눈썹의 시작부터 단단히 다져가는 커뮤니티를 만드는 것이었다.

그날의 짧은 고민 이후 자작곡 워크숍 <MAKE MY MUSIC>이 시작되었고 우린 1년의 시간을 함께 보내며 총 16개의 자작곡을 만들어 낸 단단한 커뮤니티가 되었다. 사람들은 8주의 시간 동안 각자의 사연이 담긴 노래를 만들었다. 써보지 않던 서툰 방식의 가사 짓기는 끝까지 매끈한 요령을 입지 못했지만, 그만큼 가장 날것의 마음을 꺼내놓았다. 우리는 서로에게 집중했고, 나의 가장 깊은 마음이 경청 받는 경험을 나누었다. 눈썹과 함께 만든 16곡의 선율엔 커뮤니티가 남긴 치유, 혹은 회복의 흔적이 담겨있다. 새로운 기쁨이었다.

각자의 방식으로 때론 느슨하고 때론 쫀쫀하게. 관계에 대한 새로운 기대를 심어냈다. 커뮤니티를 운영하고 책임지는 우리가 만들어내는 가치란 바로 그런 것이다.

오래전 같은 학교, 같은 반으로 만났던 인연과 새롭게 일을 꾸몄고 이전과는 다른 새로운 관계가 시작되었다. 눈썹의 커뮤니티는 지금 지역에서 자생하는 커뮤니티로 새롭게 도전을 이어가는 중이다. 지역 사회에서 자신의 이름을 걸고 이어가는 커뮤니티가 몇 개나 있을까. 앞서간 이가 없는 험난한 여정이겠지만, 자신만의 방식으로 새로운 터전을 일구는 눈썹을 응원한다.

이제 나는 아토와 눈썹처럼 새로운 사람과 함께 또 다른 커뮤니티를 그리고 있다. 나를 통해 누군가의 바람이 현실이 되고, 그와 만든 현실을 통해 또 다른 누군가가 새로운 바람을 품어갈 것을 기대한다.

커뮤니티를 통해 우리가 만들어내는 긍정의 선순환은 오늘의 도시가 살만하다는 생각을 남긴다. 오늘의 연결과 시도가 도시를 더 재밌게 바꾼다는 기대를, 그렇다면 나도 한 번 해볼까 하는 건강한 충동을 전할 수 있길 기대한다.

그래서 나는 오늘도, 여전히 당신과 만나는 중이다.

↘ "작가님 세 분을 무대로 모시겠습니다"

나의 멘트로 다섯 살, 여섯 살, 일곱 살. 세 분의 작가님이 무대 위로 올랐다. 그리 높지 않은 단상이지만, 손뼉 치는 엄마 아빠를 몇 번이나 뒤돌아보며 겨우 오른 걸음이다. 준비된 의자가 높아 앉지 못하는 작가님을 위해 얼른 마이크를 두고 뛰어가 힘껏 안아 올려드렸다.

그제야 겨우 시작하는 북 토크. 오늘은 세 분의 꼬마 작가님과 함께 진행하는 토크 프로그램이다. 윗세대와 진행하는 토크 콘서트보다 몇 배는 더 떨리고 긴장되는 시간이다. 가장 막내인 다섯 살 작가님에게 오래 고민한 첫 질문을 던진다. "이번 그림책을 집필하시면서 가장 마음에 들었던 그림은 무엇이었나요?" 혹시 나의 질문이 빠를까 싶어 천천히 또박또박 읽고 건네는 마이크였다. 그런데 작가님도 나만큼이나 많이 긴장하셨는지 건네어 받은 마이크를 손에 꼭 쥐고는 연이어 큰 숨만 들이쉬었다.

후... 후...

얼마의 정적이 흘렀을까. 북 토크에 참여한 모두가 그의 조그만 입술을 바라보고 있었지만, 작가님의 입에선 고요를 깨울 첫 멘트가 나오지 않았다. 조금의 흔들림도 없이 정면만 바라보는 똘망똘망한 눈동자. 당황했지만 예상했던 일이다. 분위기가 더 이상해지기 전에 서둘러 다음 질문을 던져야 한다. 재빠르게 고민하는 머리로 순간 무대에 오르기 전 맹꽁이 한 말이 떠올랐다. '나중에 무대에서 작가님들과 낭독의 시간을 가져주세요-' 그래 이거다. 얼른 그림책을 집어 들고 능숙하게 다음 멘트를 이어갔다.

"그럼 이제 작가님의 목소리를 통해 작품을

전해 듣는 낭독의 시간이 있겠습니다.

모두 귀 기울여 작품에 집중해주세요."

나는 마치 합창단의 악보대가 된 듯 작가님 앞에 쭈그려 앉아 작은 그림책의 첫 장을 펼쳐 보였다. '작가님 이제 천천히 읽으시면 되어요' 그림책 뒤에서 속삭이는 나의 목소리가 애절하다. 그렇게 간절한 눈빛으로 작가님과 그림책을 번갈아 바라보았지만, 일곱 살 작가님의 눈길 역시 정면에 있는 엄마 얼굴만 향했다. 머리가 새하얘졌다. 아마 북 토크가 진행되고 지금까지 흘린 땀이, 지난 1년간 진행된 모든 프로그램에서 흘린 땀보다 많을 것이다.

나는 아직도 맹꽁이 진행한 커뮤니티의 마지막 발표회이자 진행자로서 나의 역량을 시험하게 했던 이 날의 북 토크를 잊지 못한다. 내가 만나왔던 방식과는 전혀 다른 시선으로 진행한 프로그램이기 때문이다. 이번 북 토크엔 유난히 가족 단위 참가자가 많았다. 왜냐하면 맹꽁이 진행한 커뮤니티가 지역의 작가-디자이너 그룹, 함께 육아하는 동네 커뮤니티가 모여 아이들이 직접 그림책을 만들 수 있도록 지원하는 장기 프로그램이었기 때문이다.

가장 먼저 비슷한 나이대의 아이들이 모여 색색의 크레파스로 어젯밤 무서웠던 꿈의 이야기와 친구들과의 이야기를 그렸다. 그 그림을 토대로 지역의 작가-디자이너 그룹은 디자인을 이어갔고, 어른들은 아이들이 내어놓은 이야기 조각에 조그만 상상을 더 해 함께 스토리를 만들어갔다.

토크 프로그램이 끝나고 나서도 유난히 긴 여운이 남는 건 아마 이들이 커뮤니티로 모여 함께 아이를 키워가는 걸 보았기 때문일 것이다. 노동의 영역이던 육아가 창작의 영역으로 확장될 수 있음을 보았기 때문이고, 나도 어쩌면 앞으로 마주할 삶의 문제를 커뮤니티를 통해 새롭게 해석할 수 있지 않겠냔 기대가 생겼기 때문이다.

육아, 디자인, 작가와 같이 다른 주제로 활동하던 커뮤니티들의 연결은 내게 새로운 가능성을 선사했다. 커뮤니티를 통한 공동 창작이 또 다른 즐거움이 됨을 보았고, 세상에 없던 독특한 시도를 갖는 것 역시 덤이었다. 이제 생의 흐름을 따라 자연스럽게 찾아오는 여러 어려움이 더는 나 홀로 해결해야 하는 과제가 아니라는 생각이 들었다. 진땀 흘렸던 그 날의 토크가 지루할 것 같던 생에 반전을 약속하는 사건이 되어버린 것이다.

맹꽁은 자신을 '생애 주기형 문화기획자'로 칭한다. 그의 수식을 정확히 이해했다면 아마도 '자신의 삶을 따라 마주하는 문제에 매 순간 당사자로서 마주하겠단 결심과 태도'를 의미할 것이다. 많은 경우 나의 커뮤니티는 동 세대 청년 그룹을 대상으로 펼쳐졌다. 내가 가장 깊게 이해하고 있는 대상이자 곧 나이며, 내가 가장 편히 만날 수 있는 대상에 대한 집중이었다.

하지만 나도 곧 청년이 끝난다. 지난 미션이 청년으로 살아가며 마주하는 문제였다면, 앞으로 맞이할 미션은 변화하는 내 삶을 따라 순간순간 유연하게 변해가는 것으로 설정해야 하지 않을까. 이제 내게도 다른 세대와 섞여 함께 콘텐츠를 만드는, 커뮤니티의 확장이 필요해진 것이다.

언제나 같은 입장이 되어야 같은 시선이 나온다. 이제 나는 변화하는 내 삶의 주기에 따라, 매 순간 같은 입장에 놓인 사람들의 커뮤니티를 만들 것이다. 나의 아쉬움이 고리가 되어 취향의 묶음과는 또 다른, 문제해결을 위한 안정적인 도구로서의 커뮤니티를 시작할 것이다. 커뮤니티는 곧 내 삶의 문제를 해결할 수 있는 가장 중요한 방식이자 비슷한 삶을 통과하는 모두가 연결될 수 있는 가장 유연하고 따뜻한 방법이 될 것이다.

— 결국 그날의 북 토크는 대화보다 정적의 시간이 더 길었던 유일무이한 토크쇼가 되어버렸다. 무대에 오른 작가님 모두 한글을 능숙히 읽지 못한다는 사실은 나중에야 알게 되었다. 함께 그림책을 만든 맹꽁도 너무 긴장한 탓인지 아직 작가님이 글을 읽지 못한다는 것을 내게 일러주지 않은 탓이다. 아- 사실 잊은 것인지, 일부러 말해주지 않은 것인지는 아직 미스터리다. 지금에 와서야 돌이켜 보건데 아마도 일부러 말해주지 않았던 게 아닐까 생각해본다.

↘ "그동안 늘 이 질문을 받고 싶었어요"

바쁘게 사업이 이어지다 보면 성과와 성과 사이에 담긴 이야기를 놓치게 된다. 사업이라는 게 대부분 마감 기간이 있고, 시간에 쫓겨 정신없이 일을 처리하다 보면 우리가 무슨 고민을 했는지, 처음에 목표했던 건 무엇이었는지 인식하지 못한 채 결과를 내기 때문이다.

살기 위해 높였던 속도였지만 한 번씩은 멈춰서 지난 고민을 천천히 되짚을 필요가 있었다. 오늘은 '행간에 담긴 삶'을 주제로 한 명의 시인을 초대했다. 시인이란 누구인가. 정식으로 등단하고, 몇 편의 시집을 출판했다면 시인이 되는가. 모두가 그렇지는 않을 것이다. 정식 등단하진 않더라도 자기의 자리에서 담담히 글을 게워냈던 사람이라면, 자신의 고민과 호흡에 주목한 사람이라면 그도 분명 시인이라 불릴 수 있을 것이다.

그렇게 오늘은 등단하진 않았지만, 시집 『마개 없는

것의 비가 오다』를 쓰고, 오랜 시간 자신만의 문장을 다듬어 온 이승재 시인을 초대했다. 이승재 시인은 키도 컸고 얼굴도 컸고 팔다리도 쭉쭉 길었다. 유리문을 열고 천천히 걸어 들어오는 신체부터 나를 압도했는데 거대한 신체와는 달리 말의 속도가 느리고 따뜻해 어딘가 기묘한 느낌마저 전해주었다.

오시는 길이 어렵지 않으셨냐고, 식사는 하고 오셨냐고 물었다. 나의 물음에 그는 너무 민망해하며 신경 쓰지 않아도 된다고 말했다. 이런 환대와 관심이 어색한 듯 보였다. 자신의 모습을 감출 만큼 겸손한 사람을 만나면 나도 모르게 웃음이 지어진다. 모두가 나를 봐달라고 존재감을 뽐내는 시대에, 이승재 시인은 어느 그늘 밑에서 조용히 피어난 민들레 같은 사람이었다.

최근 '생각하는 바다'에서 프로그램을 진행하면 늘 많은 분이 참가해주셨는데 오늘은 왠지 신청해주신 분의 숫자가 너무 적었다. 부족한 참석자가 민망했다기보다는, 빈자리가 많이 보이는 무대로 오를 시인이 신경 쓰였다. 비어있는 자리만큼 더 많은 용기를 내야 할 시인에게 미안해져 평소라면 공간 뒤편에 나지막이 떨어져 앉았을 내가 오늘은 무대와 가장 가까운 곳, 시인과 눈을 마주칠 수 있는 가장 가까운 의자에 걸터앉았다.

약속한 시각이 되었고 이승재 시인과 당일 진행을 맡은 맹꽁이 무대에 올랐다. 맹꽁도 국문학을 전공하며 어린 시절 시인을 꿈꾸었던 사람이다. 세상의 인정을 떠나 자신만의 언어를 가진 두 시인이 간단한 안부 인사와 함께 본격적으로 시에 대한 이야기를 시작했다.

두 시간 남짓한 대화가 끝나고 맹꽁은 프로그램의 마지막으로 이 자리에 참석한 사람들의 목소리로 이승재 시인의 문장을 나눠보자고 했다. 한 사람씩 이승재 시인의 시집을 꺼내 들고 자신의 마음에 드는 운율을 골랐다.

사삭-

고요한 침묵 속 빼곡한 감정이 담긴 시가 넘어가는 소리가 들린다. 사람들은 집중해 자신의 마음에 와닿는 시 한 편씩을 골랐다.

내가 고른 시는 이승재 시인의 「저녁기도」였다. 그가 써 내려간 문장 중 '숟가락을 함께 드는 시간이 하루치 상처를 보듬는 시간'이라는 부분이 가장 마음에 들었다. 내가 해왔던 지난 시도와 '생각하는 바다'에서 진행되는 커뮤니티 프로그램의 지향이 그의 문장과 닮았기 때문이다. 나의 커뮤니티는 대부분 하루가 끝나는 시간에 만나 함께 숟가락을 들며 조용히 서로의 감정을 묻는 것으로 시작했다.

'숟가락을 든다- 상처를 보듬는다-' 아주 쉽고 단순한 행위다. 커뮤니티도 마찬가지다. 함께 숟가락을 들고, 함께 상처를 보듬는 과정이 전부다. 커뮤니티라는 생소한 단어를 사용하지만, 단어의 내면엔 익숙하고 편안한 만남이 숨어있다.

시집에 담긴 가장 마지막 시의 제목은 「묘비명」이었다. 언제나 작가가 쓰는 문장엔 '자신이 투영된 단어'가 있다. 묘비명은 단어 '바다'와 '바람'이 주인인 시였다. 나도 '바람'이란 단어로 활동을 이어갔던 터라 이승재 시인이 자신을 바람에 비유했다는 걸 알아차렸다. 그런데 시인에게 '바다'는 누구를 의미하는 걸까. 너무 궁금해진 나는 눈치만 보다 프로그램이 끝나기 전 잽싸게 손을 들고 물어보았다.

"이승재 시인님, '바다'란 단어가 반복해서 등장하는데요.

바람은 시인님을 상징하는 것 같은데

바다는 누구를 향한 단어인가요?"

이승재 시인은 아무 말 없이 나를 바라보다 몇 번 눈을 깜빡이고는 아주 천천히 말했다.

"그동안 늘 이 질문을 받고 싶었어요.

이제야 질문을 받네요.

'바다'는 저의 아버지입니다."

어부였던 아버지를 향한 마음을 단어 '바다'로 표현해냈던 이승재 시인. 그의 말투, 그의 눈빛, 그의 표정에서 나와 닮은 상실과 고민, 그리고 그리움이 파도쳤다. 어쩐지 처음 만나 나눴던 눈빛에서부터 직관적으로 많은 걸 이해할 수 있었다. 그건 나의 궤적과 시인의 궤적이 닮아있었기 때문이다.

'이십 대엔 왜 그렇게 죽고 싶었는지 모르겠어요.'

웃으며 말하는 그의 표정에서 너무 많은 것이 밀려온다. 시인에게 아버지는 '바다'였고, 시인에게 자신은 '바람'이었다.

바람과 바다란 공통의 단어로 시인과 내가 연결되었다. 강연이 끝나고 시인을 찾아가 나도 '바람'을 나의 단어로 두고 있다고, 내 필명은 '바람꽃'이라고 말했다. 그러자 시인은 기뻐하며 내가 구입한 당신의 시집 가장 앞면에 나를 '멈추면 사라지는 님께'라 적어주었다.

바람. 이웃의 땀을 식히고 고단한 삶에 짧은 쾌활함을 남기고 사라지는 것이 나와 그가 공유하는 정체성이다. 숨겨진 이야기를 찾아 꺼내고, 사람과 사람의 연결을 좇아 달려왔지만, 시인에게도 나에게도 사라지는 것은 꿈이며 언제나 소망하는 것이자 삶의 종착지일 것이다.

'시인은 작품으로 말하고, 살아내는 삶으로 말한다'는 그의 문장에 행복했다. 아름다운 문장은 분명 삶을 통해 완성되는 것이다.

무엇이든 같은 자극이 반복되면 둔감해지기 마련이다. 타인과 깊게 연결될 때에 느껴지는 진한 감동도 마찬가지다. 매일 진행자로만 앉아있다 무대와 가장 가까운 참석자 의자에 앉아 시인과 눈을 마주친 경험은 둔감해진 나의 감각을 다시 깨우기에 충분했다.

서로 닮은 사람을 만나게 하는 일. 커뮤니티 매니저의 보람이 여기에 있다. 바람은 멈추면 사라진다. 나는 오늘도 멈출 수 없기에 프로그램을 준비하며 공간의 문을 활짝 열어둔다. 나와 닮은 일상을 보낸 누군가와 우연으로 연결될 새로운 커뮤니티를 기대하며 말이다.

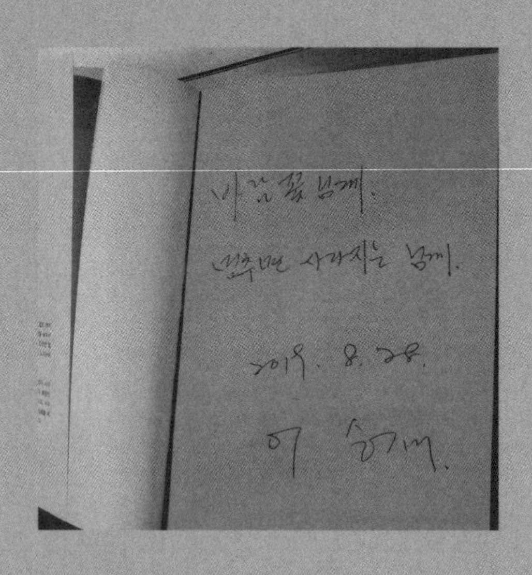

↘ "정말 찾아와 주셨네요"

태생적으로 체력도 약하고 감정도 예민한 편이라 하나의 커뮤니티가 끝나면 되도록 홀로 시간을 보내는 편이다. 이래저래 나를 지키기 위한 방법을 궁리해 보고 시도해봤지만, 내게 가장 유의미한 방법은 켜져 있는 스위치를 내리듯 바쁘게 만나던 관계를 이따금 닫아내는 일이었다.

커뮤니티의 결합도가 높을수록 끝난 후의 허무함도 강하기만 했다. 프로그램 진행은 익숙해져도 텅 빈 공간 홀로 느끼는 허무함은 좀처럼 익숙해지기 어려웠다. 흔들리지 않기 위해 가장 쉽게 택할 수 있는 태도는 내 앞에 있는 사람과 '적당히 연결되는' 것이었지만 적당한 대화의 길이와 밀도가 어느 정도를 뜻하는지 쉽게 그려지지는 않았다.

같은 영역에 있는 동료들도 나와 비슷한 고민을 하

고 있었다. 그들도 나와 같이 수많은 사람 속에 섞여 많은 걸 쏟아내고 큰 공간에 홀로 남아 고요히 충전했다. 비슷한 고민은 서로를 더 가깝게 이어주었다.

가령 프로그램이 끝나고 늦게까지 술과 웃음을 나누며 이어지는 뒤풀이가 아니라, 동료가 애써 준비한 프로그램의 참여자로 찾아가 다른 참여자들과 적극적으로 대화하고 더 좋은 분위기를 만들어내는 것으로 잔잔한 응원을 보내는 것이다.

내가 머무는 광안리 지하 살롱 '생각하는 바다'를 여러 번 찾아준 동료 커뮤니티 매니저가 있다. 이따금 들러 책을 사기도 하고, 내가 준비한 프로그램에 참여해 다른 참가자의 마음을 앞서 녹이기도 했던 분이다. 나 역시 참여자로 다가와 프로그램의 분위기를 앞장서 끌어 올리고 내가 놓친 참여자를 섬세히 챙겨주는 그가 고마웠다. 선뜻 내어준 따뜻한 마음에 늘 고마움을 느꼈던 나는, 어느 밤 시간을 비워 그가 준비한 프로그램에 참여했다.

오랜만에 설렘을 느끼며 그의 공간으로 향했다. 공간은 짙은 검은색의 벨벳 커튼으로 꾸며져 있었고 낮은 조도의 핀 조명만이 무대를 비추고 있었다. 그의 공간은

'실험 음악'을 다루는 곳이었다. 지역에서 만나기 힘든 수도권의 아티스트를 초대해 공연을 진행하고 취향이 비슷한 사람을 초대해 실험 음악에 대한 담론을 나누기도 하는 곳이다.

내가 방문한 날도 수도권에서 활동하시는 분의 공연이 있었다. 그는 하드디스크 드라이브의 기계음과 자석과 코일에 의한 화이트 노이즈를 음악으로 재생산하여 들려주었다. 하필 당일 찾아온 태풍으로 많은 분이 취소했지만, 무관중 공연도 거뜬히 해냈다는 아티스트는 부드러운 미소로 본인의 세계를 들려주었다.

내가 리드하지 않는 모임이라면 펜과 종이를 들고 관찰되는 모든 것을 메모하는 습관이 있다. 오늘처럼 낯선 곳에서 만난, 낯선 사람들의 대화엔 재밌는 요소가 많이 숨어있다. 그날도 아티스트의 메시지를 메모했다. 그는 '꿈꾸는 사람의 심지는 현실에 부딪혀 검게 그을리는 법이지만, 서로의 그을림을 바라보며 함께 힘주어 나아가자'고 말했다.

무모한 꿈을 꾸는 사람의 언어엔 미묘한 힘이 있기 마련이다. 먼 길을 내려와 단 세 명의 관중 앞에서 던진 그의 호기로운 한 마디에 지쳐있던 나의 마음이 다시 뜨겁게 불타올랐다.

그가 했던 많은 말 중 내게 걸린 문장은 '음악과 현상의 차이'였다. 관객은 이 모든 과정을 하나의 기계적인 '현상'으로 인식하지만, 이 현상이 분명한 '음악'이라 말하는 건 결국 아티스트 개인의 철학이라는 말이었다.

'관계와 연결'처럼 정의되지 않는 가치와 커뮤니티 역시 마찬가지다. 커뮤니티 운영자의 철학이 세워지지 않는다면 이는 단순한 만남과 대화에 불과할 것이다. '왜 만나고', '무엇을 향하는지'가 문장으로 정리될 때에야 일치의 가능성이 보이고 커뮤니티의 다음을 모색할 수 있다. 언제나 새로운 시도의 가치를 정의해내야 하는 것이 예술가와 변화를 바라는 이들의 숙명이 아닐까.

우린 더 많이, 더 자주. 서로를 응원하는 것이 옳다. 소음이라 평가되던 세상의 모든 진동이 그의 철학을 통해 음악이 된 것처럼 같은 고민을 하는 우리의 연결을 통해 커뮤니티의 의미와 가치가 규정될 것이다.

다시 그가 내뱉었던 말을 기억한다.

‘꿈꾸는 사람의 심지는 현실에 부딪혀

검게 그을리는 법이지만,

서로의 그을림을 바라보며

함께 힘주어 나아가자’

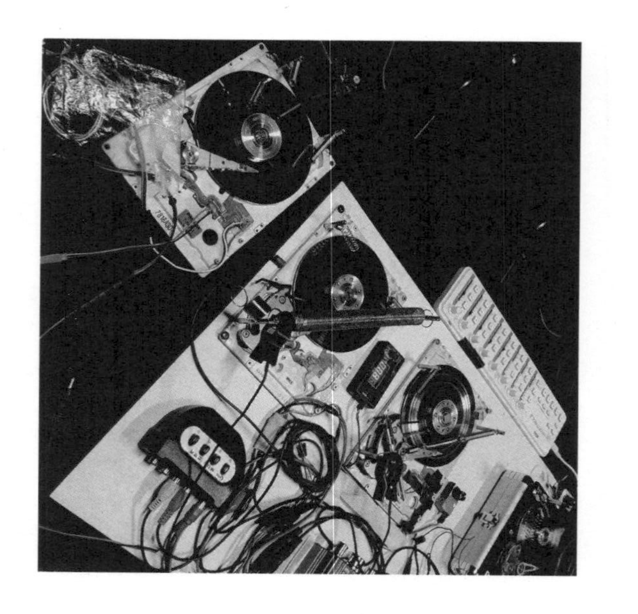

↘ "누군가와 마주 보며 대화하고 싶었어요"

그는 한 차례의 모임이 끝나고도 공간에 남아 있었다. 무언가 할 말이 있는 듯 자리에 앉아 사람들이 남긴 과자와 미지근한 커피를 마셨다. 환대와 진행은 제법 능숙해졌지만, 대화의 열의를 가진 사람의 이야기를 끊어내고 타인의 기대를 거절하는 건 여전히 어려운 일이다.

시간이 늦었다고, 오늘 프로그램은 여기서 마무리하겠다고 말해야 했지만, 정작 입에서 나온 건 오늘 어떠셨냐는 조금은 상투적인 물음뿐이었다. 그는 이런 모임이 처음이라 집을 나서는 현관부터 걱정이 많았다 했다. 긴장했지만 생각보다 분위기가 편했고 함께 한 사람들도 모두 좋은 사람들 같아 다행이라 말했다.

수줍은 얼굴에 스친 웃음. 편안해 보인다. 우린 서로에 대한 정보가 많아야 깊은 관계를 맺을 수 있다고 생각하지만 늘 그렇진 않다. 어느 때엔 정보의 공백이 마주 앉은 사람과 잣대 없이 만날 수 있는 가장 쉬운 방법이기도 하다. 서로에 대한 정보를 비워두는 것은 그를 위한 물러섬이기도 하고 나를 위한 방어선이기도 하니까.

나 역시 무척이나 좁고 편협한 인물이기에 듣게 된 그의 직업에 따라 일상과 감정에 대한 평가가 앞서기도 한다. 눈앞의 상대에게서 여유와 따뜻함이 묻어나면 그의 직업이 안정적이라 그렇다는 좁은 편견과 지금의 힘듦은 그저 배부른 고민이라는 치기 어린 판단 말이다. 만난 사람에게 되도록 사적인 질문은 하지 않겠다는 건 커뮤니티를 시작하며 새겼던 나름의 준칙이었는데 이번엔 그의 직업과 삶이 너무 궁금했다. 다른 느낌이었다.

많이 지쳐 보인단 말과 함께 조심스럽게 어떤 일을 하시는지 여쭤보았다. 그의 직업은 텔레마케터였다. 수화기 너머 상대의 감정을 마주하고, 상대의 말을 놓침 없이 듣고, 적절한 말을 재빨리 꺼내야 하는 일. 그렇게 온종일 대화했는데 어떻게 다시 사람을 만날 동기와 에너지가 생긴 건지 궁금했다. 그는 다시 수줍게 웃으며 말했다.

"누군가와 마주 보며 대화하고 싶어서요."

오늘 하루 그와 전화로 만났던 사람들은 수화기 너머에서 짓고 있는 이 수줍은 미소를 상상할 수 있었을까. 눈을 보며 마주 앉지 않으면 알지 못한 채 지나쳐 버릴 것들이 너무 많다.

텔레마케터란 직업은 언뜻 나와 역할이 닮아 보였다. 하지만 친절로 거친 감정을 받아내고 사과로 날 선 요구를 해결해야 했으니 나보다 훨씬 지친 하루였을 테다. 시간이 허락된다면 냉장고에서 꺼낸 시원한 맥주를 나눠 마시며 더 많은 이야기를 듣고 싶었지만, 평일에 허락된 귀가 시간은 그에게도 나에게도 짧디짧을 뿐이다. 많이 아쉽지만, 오늘도 내일을 위해 서둘러 닫아야만 한다.

온종일 사람과 전선으로 연결되었던 이가 해가 지고 광안리 끝자락, 작은 커뮤니티를 찾아왔다. 사람에 의한 지침을 사람을 통해 회복하겠단 기대를 품은 채 오늘 밤 우린 만난 것이다. 모든 사람이 떠나고 텅 빈 공간 그와 단둘이 앉은 테이블에서 새로운 대화가 시작되었다. 수십 시간을 대화했지만, 여전히 그와 나에겐 '사람'과의 연결이 필요했다.

어느새 어색하기만 했던 커뮤니티 매니저라는 직함도 익숙해졌고 인사를 건네는 목소리의 떨림도 미세해졌다. 그와의 만남을 통해 반복된 일상 속 기계적으로 사람을 대하던 내가 커뮤니티의 의미를 되찾을 수 있었다. 그의 미소엔 어딘가 묘한 느낌이 숨어있었다. 누군가 마주보며 대화하는 나의 미소에도 그의 미소와 같은 느낌이 묻어나길 바랐다.

지금은 그가 어떤 일상을 보내는지 알지 못한다. 공간을 다시 찾지 않는 걸 보면 일상이 더욱 바빠진 것 같다. 많은 걸 미루어 짐작할 뿐이지만, 우리의 대화로 다시 힘차게 삶을 꾸려갈 힘을 얻은 것 같아 다행이다.

언제나 그렇다. 당신과 나의 지친 순간이 교차할 때, 우린 점진적으로 회복을 향해 나아간다. 커뮤니티가 앞으로도 사람과 관계에 대해 새로운 시선을 심어낼 수 있길, 그렇게 나의 커뮤니티가 더 많은 이의 일상을 받아내는 공간이 되길 바라본다.

↘ "난 뭐가 두려웠던 걸까요,
뭐가 두려워 삼키고 또 삼켜왔던 걸까요"

어느 여름, '젠더'를 주제로 작은 토크 프로그램을 진행했다. 한국 사회에서 여성으로 살며 어떤 아픔과 고민이 있었는지 함께 고백하는 자리였다. 직접 기획한 프로그램의 경우 대부분 앞서 진행하는 편이지만, 이번에는 무대 위가 아닌 무대 뒤 어둠에서 조용히 프로그램에 참여했다.

프로그램의 주제와 내용에 따라 내가 보이지 않는 것이 적합할 때도 있기 때문이다. 나는 프로그램을 준비한 사람이면서 한국 사회의 남성이자, 청년이고, 동시에 수도권에서 살아가지 않는 지역의 시민이기도 하다. 자신을 무엇이라 규정하기 전에 이미 여러 개의 정체성을 부여받은 채 살아가고 있다.

진행자는 자신이 납득하든 납득하지 않던 타인에게 해석되는 정체성을 함께 고려해야 한다. 프로그램의 내용을 끌어내는 힘은 '질문'에 있고, 암묵적으로 '질문을 던질 권한' 역시 진행자에게 주어지기 때문이다.

여성의 삶이 주제인 프로그램에 남성이 마이크를 쥐고 발언의 기회를 배분하는 건 여러모로 흐름과 맞지 않는다. 프로그램의 완성도를 끌어올리기 위해선 누가 어떤 방식으로 진행할지도 섬세히 고민해야 하는 이유다.

최근 세상을 만들었다 자부하는 근육들 사이에서 다양성을 주제로 한 프로그램이 많이 기획된다. 그날의 상처를 차마 어찌 잊겠냐는 문장으로 용기의 고백이 시작되고 미처 감정을 묻지 못한 단어 하나하나에 너무나 깊은 아픔이 묻어 나온다. 숨겨졌던 폭력과 숨쉬기 힘든 공포. 서로의 아픈 고백이 오가는 밤은 유독 길게만 느껴진다.

아득한 계절이 얼마나 많을지 쉬이 가늠하기 어렵다. 한 사람의 울음에 마주 앉은 사람 역시 울음으로 답한다. 커뮤니티에선 꼭 정돈된 문장만 오가지 않는다. 이렇게 어느 순간엔 울음이 언어가 되기도 한다.

'그래요. 무엇이 두려웠던 걸까요.

무엇이 두려워 삼키고 또 삼켜왔던 걸까요.'

자신의 감정을 내내 눌러왔던 한 참여자가 스치듯 꺼낸 말이다. 그동안 날 괴롭혀왔던 아픔이 혼자만의 아픔이 아님을 알게 될 때. 내내 떨던 두려움이 나 혼자만의 것이 아님을 알게 될 때. 이들은 홀로 찾아왔지만, 서로가 되어 돌아간다.

높은 창살에 갇혀 존재의 자유를 잃은 생명은 이내 곧 자신의 울음을 잃게 되고, 우리는 울음을 잃은 생명을 향해 '길들여졌다' 말한다. 내가 만드는 프로그램은 상대가 전한 울음의 첫 따옴표와 끝 따옴표를 찾아 나서는 일과 같다. 울음은 존재감의 표현이기에 나는 커뮤니티에서 더 많은 울음과 마주하길 원한다.

손에 꼽을 만큼 적은 수의 사람이 모였지만 이 자리에서 나온 고백과 확인은 수백의 사람이 모인 그 어떤 집회의 외침보다 힘이 있다. 함께 손뼉 치는 사람은 고작 예닐곱에 불과하지만, 상대의 눈에 서려 있는 슬픔이 나와 같음을 매 순간 느낄 수 있기 때문이다.

오늘처럼 보이지 않는 연대의 선에서 커뮤니티의 이유를 느낀다. 어쩌면 커뮤니티는 타인을 만나는 공간이 아닌 그동안 바라보지 못한 내면의 나와 마주하는 공간일 수 있다. 타인을 통해 결국 나를 감각하는 것이다.

이들이 더 많은 아픔을 꺼내고 나눌 수 있게 공간의 조도를 낮추고 식은 커피를 다시 따뜻하게 데운다. 일상을 유지하기 위해 올이 성긴 빗자루로 쓸어온 마음의 빗질을 잠시 내려두고 정돈되지 않은 언어로 함께 대화할 수 있길 원한다. 혼란스러운 고백에서 우리는 모두 곧 편안함을 느낄 것이다.

긴 대화가 끝나고 공간을 나서는 그들의 뒷모습에서 처음 만날 때와는 다른 새로운 힘이 보였다. 낯선 공간에서 이루어지는 이 극적인 전환. 그들의 단단해진 뒷모습을 통해 아직 꺼내지 못한 나의 아픔 역시 가뿐히 넘을 수 있겠다는 기대가 생긴다.

나도 곧 감춰둔 '내면의 나'와 만나야 한다. 이들처럼 나와 같은 아픔을 가진 이들을 만난다면 나도 단단하고 가벼워진 등으로 공간을 나설 수 있을 것이다. 이것이 여전히 낯을 많이 가리고 쑥스러움을 타는 내가 커뮤니티에 대한 희망을 끊을 수 없는 이유이다.

온기가 남은 자리에서

커뮤니티가 끝나고 홀로 돌아와 앉는 의자는
때때로 공허하기만 하다.

한 차례의 과장된 미소가 끝나고
바람 빠진 풍선처럼
열기와 온기가 사라진 내 모습이 우습다.

뜨거운 만남이 남긴 생각의 잔상들.

텅 빈 공간의 허전함은 여전히 어색하다.

↘ 나는 고졸이니까

'전공이 뭔가요?'

'고향이 어디죠?'

'대학은 어디 졸업하셨나요?'

그래도 사회가 변한 걸까. 이전과는 달리 내 신상을 묻는 말에도 조금의 조심스러움이 묻어나온다. 대학 졸업을 선택하지 않고 최종학력 '고졸'로 지내온 시간 동안 나의 전공이 무엇인지, 내가 졸업한 대학은 어디인지에 대한 질문을 정말 많이 받았다. '저는 고졸입니다'. 있는 그대로 내뱉은 한 문장에 나보다 민망해하는 상대를 느낀다. 이제 나는 무덤덤해졌는데 상대는 마치 큰 결례를 범한 것 마냥 사과하듯 미안함을 표하기도 한다.

정확히 무엇이 미안한 것인지는 모르겠다. 개인의 신상에 대한 질문이 미안한 건지, 아니면 고졸이란 답변을 꺼내게 한 것이 미안한 건지 나로서는 쉬이 짐작하기 어렵다. 한 번은 고졸이라는 답변에 '그렇게 보이지 않는다'는 말을 듣기도 했다. 어떤 모습이어야 고졸로 보이는 걸까. 그동안 내가 겪어온 질문과 표정을 종합해 볼 때 최종학력 고졸로 살아가는 다른 청년들의 삶이 얼마나 거칠지는 오래 고민하지 않아도 알 수 있다.

아주 잠깐이지만 고졸로 살아가는 청년들과 함께 〈노쫄고졸〉이라는 커뮤니티를 진행했었다. 세상 앞에 쫄지 않고 나만의 방식으로 살아가는 고졸들의 모임이었다. 우리는 정기적으로 모여 경력란에는 정리되지 않지만, 내 삶에 큰 영향을 미친 소소한 성과를 꺼내 각자의 이력서를 새롭게 정리해보는 시간을 가졌다.

스펙은 개인의 능력을 설명할 수 있지만, 한 사람의 고유한 개성을 담아내진 못한다. 비록 이력으로 쓰이지 못하더라도 내가 누구이고, 어떤 관점을 가졌으며, 무엇을 향하고 있는지 보여주는 개인의 경험은 주목할 필요가 있다. 우리는 비슷한 삶을 살고 있을 다른 청년들을 위해 팟캐스트도 준비했었다. 삶이 바빠 만나지 못하는 다른 고졸 청년들의 이야기를 콘텐츠로 제작해 전하는 것이었다.

하지만 우리가 쉽게 해낼 수 있는 '밥벌이'라는 것이 시간을 쪼개는 파트타임뿐이라 함께 모여 작당을 할 시간을 길게 내진 못했다. 그렇게 삶이 바쁘다는 익숙한 이유로 〈노쫄고졸〉 커뮤니티도 흐지부지 사라지고 말았다.

이미 여러 프로젝트를 깔끔히 마감 짓지 못한 나지만 그중에서도 특히 〈노쫄고졸〉 커뮤니티만은 깊은 아쉬움이 남는다. 그때 우리가 조금 더 애를 써서 만났더라면, 팟캐스트를 만들고 고졸로 살아가는 다양한 청년들의 이야기를 기록하고 전파했다면 불안한 오늘을 버티며, 보다 나은 미래를 꿈꾸는 고졸 청년들에게 또 다른 계기와 힘이 되지 않았을까.

나는 학력주의에 반대하거나 제도권 대학 교육을 거부하겠다는 거창한 이유로 대학을 그만두지 않았다. 그저 그래야만 했던 어린 날의 사소한 개인사만 있을 뿐이다. 최종학력 고졸을 택한 많은 청년의 이야기도 그럴 것이다. 모두가 각자에게 주어진 환경 위에서 순간에 맞는 최선의 선택을 했던 것뿐이다. 하지만 이들에게는 너무 많은 사회적 인식과 편견, 그리고 '고졸이라 그렇다는' 강력한 혐오의 표현이 작동한다.

고졸로 겪어냈던 지난 시간이 나처럼 다수에 들지 못해 사라지는 소수의 이야기를 바라보게 했다. 한국 사회에서 살아가는 이주민과 비정규직 노동자, 비혼 여성, 그 밖의 많은 소수자의 존재가 세상에 증명되지 않았다. 다수가 아니기에 존재 자체가 인식되지 않는 것이다. 다수에게 공인된 정보는 허가받은 간판과 같다. 공인된 간판이 있어야 비로소 머물 자리가 마련되고, 같은 간판을 가져야만 이 사회에 빠르게 편입될 수 있었다.

이제 나는 모두가 간판으로 관계 맺는 세상 속, 그럴듯한 간판 하나 없는 이들과의 커뮤니티를 시작한다. 나의 커뮤니티는 간판이 없어도 초대받을 수 있는 자리다. 위계와 서열의 관성을 넘어 같은 시선으로 대화할 수 있는 자리를 만들 것이다.

나는 학력과 출신에 대한 질문이 없어도, 당신이 누구인지 물을 수 있다. 오롯이 당신의 모습으로 참여할 수 있는 곳, 내가 누구이고 어떤 사람인지, 어떤 계획과 꿈이 있는지 말할 수 있는 나의 커뮤니티에 당신을 초대한다.

여전히 개인의 존재를 증명해내야 하는, 소수의 영역에 놓인 모든 이가 앞으로 커뮤니티로 만날 나의 대상이다.

↘ 패거리와 커뮤니티의 차이

내가 사는 도시 부산을 모두 '영화의 도시'라고 말한다. 영상 콘텐츠를 제작하기에 좋은 환경이어서 그런 것인지, 아니면 영화산업에 종사하는 분들이 많아서 그런 것인지는 모르겠지만, 내게 와 닿는 '영화 도시'란 단순히 부산을 배경으로 촬영한 영화가 많다는 의미와 같다.

부산이 배경인 유명한 영화가 여럿 있다. 특히 그중에서도 영화 <친구>와 <범죄와의 전쟁>이 가장 기억에 남는데 이는 시대를 넘어 대중들이 함께 즐기는 유행어가 된 몇 개의 대사 때문이다. 워낙 유명한 영화라 명대사도 수없이 많지만, 그중에서도 가장 유명한 것을 뽑자면 배우 유오성의 '우리 친구 아이가'와 최민식 배우의 '내가 느그 서장이랑 밥도 묵고 싸우나도 가고 다 했어. 인마!'가 아닐까.

나는 두 영화의 명대사에 패거리가 무엇을 향하는지 드러내고 있다고 생각한다. 우리는 다르지 않은 하나이고, 누구나 들어올 수 없는 특별한 관계라는 기세등등한 위세가 대사에 담겨있다. 패거리의 특징은 하나가 되는 순간 남들과는 다른 특별한 대우를 약속한다는 점에 있다. 그래서 끈끈함을 강조하는 커뮤니티일수록 경계심이 든다. '우리'가 강조될 때에 '우리'가 아닌 사람이 강하게 구분되기 때문이다.

커뮤니티가 쉽게 집단이나 모임으로 정의되곤 하지만 이런 번역은 외적인 형태는 설명할 수 있어도 내부 구성원끼리 맺는 관계나 분위기, 위계의 형태까지 세세하게 담아내지는 못한다. 조금 노골적이지만 언젠가 패거리와 커뮤니티의 차이가 무엇이냐는 질문을 받았던 적이 있다. 그때 나는 다수가 모여 하나가 되면 패거리, 다수가 모여 여전히 다수이면 커뮤니티라는 투박한 답변을 내뱉었었다.

많은 곳에서 '집단의 철학'과 유사한 사람을 만들기 위해, 개인의 개성을 일방적으로 희석한다. 타인의 다름은 쉽게 거세되고, 같은 생각과 동일한 문제의식만 이어진다. 아무리 사회적이며 진보적, 공익적인 일을 한다고 하여도, 그 내부를 들여다보면 단 하나의 생각과 문제의식만 존재하는 경우가 많다. 영락없이 커뮤니티로 위장한 패거리인 경우다.

우리는 너무 많은 문장을 완성한 채 건넨다. 앞서 답을 제시하지 않는 겸손한 태도를 갖춘 자만이 상대가 게워낸 삶의 고민에 바르게 화답할 수 있다. 필요한 건 타인의 의견이 내면에 들어올 수 있도록 나의 문장을 완성하지 않은 채 건네는 용기다.

정당한 커뮤니티란 함께 내용을 채워나갈 수 있도록 모두에게 기회가 주어진 관계와 같다. 함께 마무리한 문장이 구성원 모두에게 향기 나는 의미와 위로를 줄 것이다. 머리로는 알지만 나도 아직 대화의 방법과 적절한 거리를 몰라 항상 앞서 관계의 적당한 선을 그어두는 편이다.

경험이 부족하고 욕심이 과했던 탓에 그동안 너무 많은 관계가 타버리고 말았다. 지금 겁을 먹고 앞서 선을 그어두는 것은 우리의 관계가 패거리가 되지 않기 위한, 내 욕심을 줄이고 오늘의 관계를 신선하게 유지하기 위한 내 오랜 고민이자 나름의 방편이다.

쓰고 나니 결국 사람을 계산하며 만난다는 소리와 별반 다른 것 같진 않지만, 그런데도 알아줬으면 한다. 나의 앞선 경계가 커뮤니티로 마주한 당신과 조금 더 오래가고 싶기 때문이라는 것을, 나와 당신을 지키기 위한 오랜 고민의 결과라는 것을.

↘ 당신의 아버지와 만나고 싶네요

어느 늦은 밤 진한 아메리카노를 마시고 싶어 터덜터덜 집을 나섰다. 아래로 향하는 엘리베이터의 버튼. 초록 불이 들어온 지 오래지만, 엘리베이터는 한참을 지하에 멈춰있었다. 쿵쿵 울리는 소리. 드디어 도착한 엘리베이터에선 스티로폼 박스를 든 택배기사님이 뛰쳐 나왔고 옆집 문 앞에 물건을 두고는 재빨리 인증 사진을 찍었다.

좁은 공간 안엔 그의 땀 냄새가 가득했다. 누군가는 하루를 정리하고 잠자리에 드는 시간. 밀린 작업으로 다시 카페로 나서는 나와, 가득 찬 택배 수레를 하나씩 비워가는 택배기사님이 같은 공간에서 중첩된다. 벅찬 숨소리. 그는 낯선 공간에서의 침묵이 불편했는지 블루투스 이어폰에 울린 작은 수신음에 반갑게 전화를 받았다.

'어, 아빠 이제 마쳐가. 얼른 집에 갈게.

오늘 금요일인데 치킨 사갈까?'

다정히 건네는 그의 말에 나도 모르게 미소가 지어진다. 온종일 물건을 배송해 지칠 만도 할 텐데 그는 집에 가는 순간까지도 양손에 무엇을 들고 갈까 고민하고 있었다. 그러다 열려 있는 택배차를 보았다. 어두운 트럭 안쪽엔 열 개 남짓한 택배가 남아있었다. 조금 전까지 금방 간다고 말했던 그였지만 남은 물량을 모두 배송하고 마감까지 한다면 아마도 40분은 족히 더 걸릴 것이다.

여유가 된다면 그와 마주 앉아 오늘 어떤 하루를 보냈는지. 아이들과 함께하는 삶은 어떤지, 아버지로서 무슨 고민을 하고 있는지 묻고 싶었다. 꺼내고 싶은 질문은 너무 많았지만, 나는 지쳐 보이는 그의 뒷모습에 용기를 잃어 아무 말도 꺼낼 수 없었다.

나를 포함해 꽤 많은 사람이 시간을 돈으로 교환하며 살아간다. 내 시간의 값어치가 적다면 가족과 나를 지키기 위해 더 많은 시간을 팔아내야만 한다. 커피 한잔의 여유와 눈을 마주치는 일상의 대화도 누군가에겐 충분히 사치스러운 시간일 수 있다.

그날 터덜터덜 카페로 내려가는 길 위에서 수많은 아버지를 만났다. 조금만 기다려달라는 말과 함께 허겁지겁 뛰어가는 대리기사 아버지도 보았고, 얼기설기 트럭 위로 쌓인 노란 오렌지와 함께 꾸벅꾸벅 졸고 있는 아버지도 보았고, 형광 조끼를 입은 채 술집마다 내어놓은 음식물 쓰레기통을 힘차게 들어 올리는 아버지, 헬멧도 쓰지 않은 채 서둘러 오토바이의 시동을 걸고 음식 배달을 출발하는 아버지도 있었다. 그들의 하루는 너무 길었다.

우리 사회를 지탱하는 많은 곳에 가장이 있다. 언젠가 기회가 된다면 다양한 직군, 다양한 삶의 방식으로 살아가는 부모 세대와 만나 회복하는 커뮤니티를 이루고 싶다. 그들의 시선 안에 우리의 새벽과 뜨거운 오후와, 모두가 잠을 청하는 늦은 밤의 모습이 담겨 있기 때문이다. 많은 사람이 소통이 가장 어려운 세대로 50대를 꼽지만 나는 그것이 특정한 세대만의 특징이라고 생각하지 않는다. 어쩌면 다른 사람의 이야기를 충분히 들을 여유와, 나의 하루를 꺼낼 '절대적인 시간'이 부족했던 것일 수도 있다.

스물여섯부터 아홉까지. 긴 시간을 두고 천천히 다양한 삶을 살아가는 아버지들의 일상을 물었다. 세상에 나올 아기를 기다리는 30대 예비 아빠부터, 이번 주말 손주와 함께 나들이를 하러 갈 계획이라는 늘그막의 아버지까지. 서른 명의 아버지를 연이어 만나는 릴레이 인터뷰였다.

아버지란 공동의 정체성 위에서 하나하나 질문을 던졌다. 다른 기준으로 보았다면 서로를 결코 이해할 수 없을 청년과 중년의 간극이었겠지만, 가장이라는 수식 위에서 마주한 이들은 모두 같은 표정으로 같은 곳을 바라보고 있었다.

나중에 아이가 글을 읽을 수 있을 때
이 인터뷰를 다시 봤으면 좋겠어요.
우리 아빠가 내가 엄마 배 속에 있을 때
이런 생각을 했구나, 이런 고민을 했구나 하면서요.

- 아버지 인터뷰 중

우린 사랑할 때에야 물을 수 있고 묻기 시작할 때에야 다시 사랑할 수 있다. 아버지와 어머니에게 다시 물음이 전해진다면, 더 많은 곳에서 더 많은 사랑의 대화가 시작될 수 있을 것이다.

세대와 직업, 그 외의 수많은 것이 달라도 아버지란 이유 하나만으로 관계가 형성될 수 있음을 보았다. 언젠가는 각자의 생계를 마친 중년의 아버지, 중년의 어머니가 모여 서로의 하루를 공유하고, 오늘의 떨림과 미래의 불안을 나누는 커뮤니티를 진행할 것이다.

IN

↘ 당신의 뒷모습을 내어준 적 있나요

달은 지구를 크게 돌며 제자리에서 똑같은 속도로 회전한다. 공전 속도와 자전 속도가 같아 우린 늘 달의 한쪽 면만 바라보게 되고 이 우연한 일치가 누군가에겐 '영원의 약속'이 되었다.

우리는 오랜 시간 달을 바라보며 기도했다. 매일 밤 흠결 없는 모습으로 떠올랐고, 한 번도 나를 떠난 적 없는 달을 흠숭하며 기도했다. 이처럼 우린 변하지 않은 것에 염원을 바친다. 변하지 않는 모습은 불멸이고 불멸은 거룩함의 증거가 되기 때문이다.

훗날 조그마한 쇠뭉치가 우주로 날아올라 사진으로 전해온 달의 뒷면은 참혹하기만 했다. 지구를 향해 날아오는 수많은 운석을 온몸으로 막아내느라 달의 뒷면은 구멍 나고 뜯어지고 곰보가 다 된 것이다. 겉으로 보이는 수많은 것이 이와 같다. 마치 지구에 있는 사람이 달의 앞면만을 바라보며 불멸을 꿈꾸듯, 우린 상처가 가득한 면을 감추고, 부끄러운 면을 깎아내며 산다. 그리고 나의 앞면을 더 아름답게 만들기 위해 짧은 해시태그로 다듬어진 새로운 가상 세상에 접속한다.

어느새 우린 밤하늘의 달을 보지 않고 푸른빛의 스마트폰만 들여다보고 있다. 이 작은 기기 안에 새로운 아름다움과 불멸의 존재가 있기 때문이다. 우린 너무 많은 것이 가공된 세계를 산다. 그리고 예쁘게 다듬어진 나와 다듬어진 네가 만나 모두가 불멸의 존재를 꿈꾼다.

오늘을 초연결사회라고 말하지만 '연결'과 '관계'는 다르다. 특히 지금의 초연결은 사람 간의 관계가 삭제되고, 오직 '좋아요'와 '공유'로만 연결된 허술한 토지와 같다. 우리가 서로를 바라보고 밀접했다면 아마 '초연결사회'가 아닌 '초관계사회'라고 말했을 것이다. 이 미세하고 연약한 연결이 앞으로 서로에게 어떤 공허함을 남길지 두렵기만 하다.

↘ 새로움을 쫓자 멀어지는 익숙함

"이번 주 금요일 다들 괜찮지?"

다들 바쁜 일상을 보내는 터라 몇 번의 약속이 어긋나서야 겨우 만날 수 있었다. 대전과 울산 그리고 산청에서 내려온 친구들. 오늘은 오랜 시간 함께 지내온 옛 친구 종호의 신혼집 집들이 날이다.

어린 시절 까무잡잡한 얼굴로 온종일 운동장에서 뛰어놀던 우리가 가지런히 빗어 넘긴 앞머리와 뾰족한 구두를 신고 모였다. 이미 선물로 받은 휴지가 많으니 제발 좀 빈손으로 오라는 집주인 말을 기어코 무시하고 최고급 엠보싱 휴지와 맥주를 한 손 가득 든 채 낯선 아파트의 초인종을 눌렀다.

어릴 적 종호 집 문을 두드리면 늘 종호 어머니가 열

어주셨는데 이젠 나의 친구와 그의 아내가 기쁘게 웃으며 우리를 환영한다. 서로의 곁에 앉아 맥주를 홀짝홀짝 들이켜는 그들의 모습이 귀엽다. 커다란 가족사진 안에 담긴 두 사람의 모습과, 집 안 구석구석 오직 둘만의 손길로 꾸며진 집도 예뻤다.

내가 새로움만을 좇는 사이, 익숙했던 많은 것들이 달라지고 있었다. 친구의 얼굴, 친구의 사랑, 친구의 일상이 그랬다. 만약 내가 커뮤니티 매니저로 타인과 연결된 만큼, 이전의 관계들도 놓치지 않았다면 오늘의 아쉬움과 부끄러움은 조금은 덜하지 않았을까.

그동안 조금이라도 쉼의 시간을 확보하려 익숙한 만남은 뒤로 미루고 또 미뤄왔다. 함께 쌓아온 시간이 있기에 우리의 관계는 조금 미뤄도 끝까지 단단할 줄 알았다. 내가 외친 커뮤니티는 늘 새로움만 좇는, 작은 바람에도 흩어지는 모래성과 같았다.

지난 커뮤니티를 돌아보면 늘 내 곁엔 나를 지지해주고 응원해주는 소중한 동료들이 있었다. 그들이 없었다면 오늘까지 통과한 많은 일을 성실히 해내지 못했을 것이다. 그런데 정작 나는 동료와 친구들의 지지에서 힘을 얻었는데 그들의 변화를 살피는 데에 인색하기만 했다.

새로움을 좇는데 정신이 팔려 중요한 사람들의 소중한 순간들을 놓치고 만 것이다. 바보처럼 후회하지만, 이젠 오래 봐온 친구의 얼굴이 낯설게 느껴질 만큼 너무 많은 시간이 지나버렸다.

내가 써낸 글과 업로드한 사진만으로도 숨겨진 감정을 읽어내고, 잠깐 스친 표정에서도 나의 힘듦을 읽어내는 사람들이 있다. 소진되지 않고 온전한 나로 있을 수 있는 순간은 오랫동안 나를 지지하고 알아봐 주는 그들의 곁에 있을 때뿐이다.

내게 가장 중요한 커뮤니티는 무엇인지 되돌아본다. 커뮤니티 매니저로 앞으로의 삶을 지속하기 위해 나는 어떤 관계를 가장 소중히 여겨야 할 것인가. 시간의 흐름 속 익숙했던 사람이 다시 낯설어지기 전에, 미뤄뒀던 말과 인사를 전하겠다고 다짐한다. 그 무엇보다 지난 관계를 소중히 여기는 커뮤니티 매니저가 되는 것이 나의 다음 과제이다. 그들이 내어준 소중한 마음을 이제 어떻게 돌려주어야 할지 고민할 차례다.

↘ 차보다 작은 건 내 마음이었다

스물여덟, 몇 푼 안 되는 활동비를 모으고 또 모아 회색빛의 오래된 중고 마티즈를 샀다. 가격은 80만 원. 시동이 걸리는 것만으로도 감지덕지했던 귀여운 친구였다. 사람들은 왜 굳이 마티즈를 사냐며 핀잔을 줬지만, 나는 가장 작은 덩치에 내세울 것 없는 스펙의 마티즈가 어딘가 나와 비슷하다는 생각이 들었다. 물론 내 주머니 사정이 가벼웠던 게 가장 큰 이유이긴 했지만, 화려한 스펙을 자랑하는 도시의 자동차 사이에서 겨우 60 남짓한 속도에도 버거워하는 마티즈에 강한 동질감을 느꼈기 때문이다.

차체라도 검은색이었다면 조금은 묵직한 느낌이 들었을 텐데 하필 밝은 회색이라 나의 마티즈는 꼭 작은 생쥐 같았다. 마티즈를 몰고 다녔던 2년 남짓한 시간 동안 무엇보다 날 힘들게 했던 것이 있다. 바로 '차선 변경' 속

칭 '끼어들기'다. 깜빡이 없이 갑자기 내 앞에 끼어드는 차도 많았고, 내가 끼어들면 거세게 따지듯 바로 뒤에서 눈 따가운 상향등을 반복해 켜는 사람도 많았다.

마티즈를 몰고 부산 도로로 나가면 냉혹한 사회와 뜨거운 아스팔트의 위가 별반 다르지 않음을 알 수 있다. 나보다 비싼 차가 차선을 변경하면 괜스레 더 겁을 먹고 충분히 거리를 두는 데 반해, 나보다 싼 차가 끼어들려고 하면 한참 뒤에서부터 빪아대는 풀악셀이다. 낡고, 작고, 보잘것없는 차는 가고자 하는 방향을 변경하는 것에서부터가 만만치 않다.

운전하면 제 성격이 나온다던데 나는 유난히 마티즈에만 가혹한 도로에 매일 밤 욱하듯 감정이 끓어올랐다. 스스로 아슬아슬하다고 느끼고 있던 찰나, 어느 저녁 드디어 사건이 터지고 말았다. 늦은 시간까지 이어진 커뮤니티를 마치고 피곤한 몸으로 도로에 나섰는데 웬 흰색 소나타가 너무 노골적으로 나를 압박하기 시작하는 것이다. 졸음운전을 할까 싶어 창문을 열고 50으로 달리고 있었는데 나의 꽁지에 바짝 붙어 계속 빨리 가라고 상향등을 켜대기 시작했다. 평소라면 그냥 넘어가자며 조용히 차선을 이동했을 텐데 오늘은 괜히 작은 차에만 짓궂게 군다는 생각이 들어 나도 모르게 창문을 열고 걸쭉한 욕을 내뱉고 말았다.

신호등의 빨간 불이 다시 초록빛으로 바뀌기 전, 서로를 향해 장군이요 멍군이요 내뱉은 욕설은 조용하던 새벽 도로를 시끄럽게 깨우고 말았다. 신호등의 불빛은 곧 바뀌었지만, 한참 내뱉은 욕으로 달아오른 내 얼굴은 쉽게 가라앉지 않았다. 처음에는 화가 나 붉어진 얼굴이었다면 지금은 부끄럽고 무안한 마음에 붉어진 얼굴이다.

아무리 큰 차를 탄다고 해도 그 안의 사람이 작으면 무슨 소용일까. 내가 그렇게 쉽게 끓어올랐던 건 회색 마티즈보다 더 작은 마음, 더 얇은 감정, 더 소란스러운 내면을 가진 나라서 그럴 것이다.

집으로 돌아가는 길. 아무도 없는 차 안에서 오랜 시간 눌려있던 나의 날카로운 감정이 거침없이 올라온다. 타인이 없는 곳에서야 발견하는 나의 진짜 모습이다. 넓은 세상에선 작은 모습으로 일관하고, 작은 공간에선 통제 없이 꺼내지는 내 모습이 우습기만 하다.

많은 것이 생소할 땐 너무 조심스럽게 세상을 대했는

데 익숙해지는 것이 많아지니 점점 주위의 시선을 아랑곳하지 않는 나를 발견한다. 겁이 없어지고 자신감이 생겼다기보다는, 갈수록 자신을 통제하는 선이 느슨해져 그럴 것이다. 경험이 쌓일수록 묵직한 사람이 아닌 뻣뻣한 사람이 되고 있다.

나는 지금도 작은 차를 타고 있다. 운행이 어려워진 마티즈는 처분하고 그보다는 조금 더 묵직한 느낌의 스파크와 함께하는 중이다. 차가 묵직해진 만큼 도로 위의 나도 더욱 묵직하고 진중한 사람이 되길 바란다. 그리고 여전히 작은 차에서 바라봤던 작은 세상을 이해하는 내가 되었으면 한다.

도로변에 숨어 눈치만 보는 작은 고양이, 낡은 리어카에 키를 훌쩍 넘는 큰 박스 더미를 담고 느리게 걸어가는 노인의 모습은 빠르게 달린다면 알아차리기 어려운 이웃의 모습이다.

능숙하지 않은 것을 혐오하고, 조금의 내어줌도 허용하지 않는 도로의 논리에서 벗어나 거리의 작고 느린 것에 시선을 두는 여유와 겸손함을 담고 싶다. 어떤 차를 탄다고 해도, 차보다 훨씬 큰마음을 가진 사람이 되고 싶다.

↘ 도시라는 우주와 당신이라는 별

도시의 번호가 찍힌 사람들. 귀에는 순위에 따라 번호표가 찍혀있고, 정해진 시간에 밥을 먹으며 주인이 울리는 종소리에 따라 일어나 울타리로 들어간다. 번호 찍힌 사람은 서로의 번호표를 잊기 위해 매일 밤 술에 취하고. 그 술집의 일꾼들은 번호 찍힌 사람의 하루를 동경하며 밤을 새운다. 우리 모두가 도시에 손질되었다. 이름표가 안도이자, 평화고, 낙원이 된 이곳이다. 도시의 틀림없고 빈틈없는 완벽한 승리다.

어두운 도시 곳곳에 인간이 있다. 그리고 인간을 향한 생존 격언은 '프로답게 행동하라'다. 프로다움을 쫓는 인간은 능숙하게 감정을 조절하고 서로를 매끈히 잘라낸다. 나는 무엇이든 우주에 비유하는 걸 좋아한다. 어두운 도시는 우주를 닮았고, 어둠을 헤매는 우리는 별을 닮았다. 작은 비유를 해보자. 이제 우리 각자는 고유한 하나의 행성이고 서로에게 중력으로 묶여있는 작은 은하계다.

스스로 빛을 내는 별을 항성이라 한다. 눈부신 아침을 열고, 노을로 하루를 닫는 태양이 바로 '항성'이다. 그리고 지구처럼 빛을 내지 못하는 별을 '행성'이라 한다. 태양의 빛을 반사하는 지구나 수성, 목성과 같은 별이 모두 행성이다.

한 가지 재밌는 건 우리는 지구에 살면서도 별들의 유기적인 집합을 '지구계'라 칭하지 않는다는 점이다. 왜냐하면, 자신의 힘으로 빛나지 못하는 별은 결코 중심이 될 수 없기 때문이다. 이처럼 스스로 빛을 내지 못하는 존재는 어딘가 귀속되어 호명되는 존재가 되고 만다. 지구계가 아닌, 태양계라 불리는 것처럼 생명을 품은 것보다 우선 되는 건 '홀로 빛을 내뿜을 수 있는 능력'이다.

인간사회 속 빛 에너지는 무엇일까. 돈이다. 돈을 버는 사람만이 자신의 힘으로 빛날 수 있으며 타인에게 빛을 전할 수 있다. 그렇게 스스로 돈을 벌지 못하는 사람은 존재의 감각이 희미해지고, 돈을 벌어오는 사람에게 귀속된 채 자신의 의미를 간접적으로 짐작할 수밖에 없다.

여기에 행성의 주위를 뱅글뱅글 도는 별, '위성'까지 더해진다면 존재의 색은 더욱더 옅어지게 된다. 작고 여린 생명은 광활한 우주로 튕기지 않으려 모태 행성을 꽉 붙잡아 뱅글뱅글 그 주위를 맴돈다. 위성은 어린아이와 같고, 모태 행성은 어미와 같다.

위성의 중력으로 지구엔 파도가 생긴다. 태양은 지구와 달을 자신의 계로 품어 영향력을 과시하지만, 정작 파도를 감당하는 일은 달을 위성으로 둔 지구의 몫이다. 그렇게 요동치는 감정의 파고로 모태 행성은 이따금 한없이 공허해지기도 한다. 세상의 모든 어미에게 한 번씩 뜻 모를 우울함이 찾아오는 이유다.

태양계는 고정되지만 우리는 다르다. 우리는 현재의 질서를 새롭게 재편할 수 있는 존재다. 모두 스스로 빛을 낼 수 있는 별이고. 모두 스스로 빛을 내던 별이었다. 어린아이의 중력을 감당하는 것은 어미만의 몫이 아니다. 그리고 화려하고 눈 부신 빛을 내뿜는 것 역시 남성만의 몫이 아니다. 세상을 밝힐 빛은 이미 우리 안에 내재하고 있다.

도시라는 우주의 구조를 새롭게 디자인할 때가 왔다. 또 다른 태양이 어디에 있는지, 감춰진 태양이 누구였는지 살펴볼 때다. 찬란히 빛날 수 있는 도시의 모든 존재여. 잃었던 빛을 되찾기 위한 여정을 응원하고 지지한다. 가장 빛날 수 있는 당신만의 궤도를 되찾길 바란다.

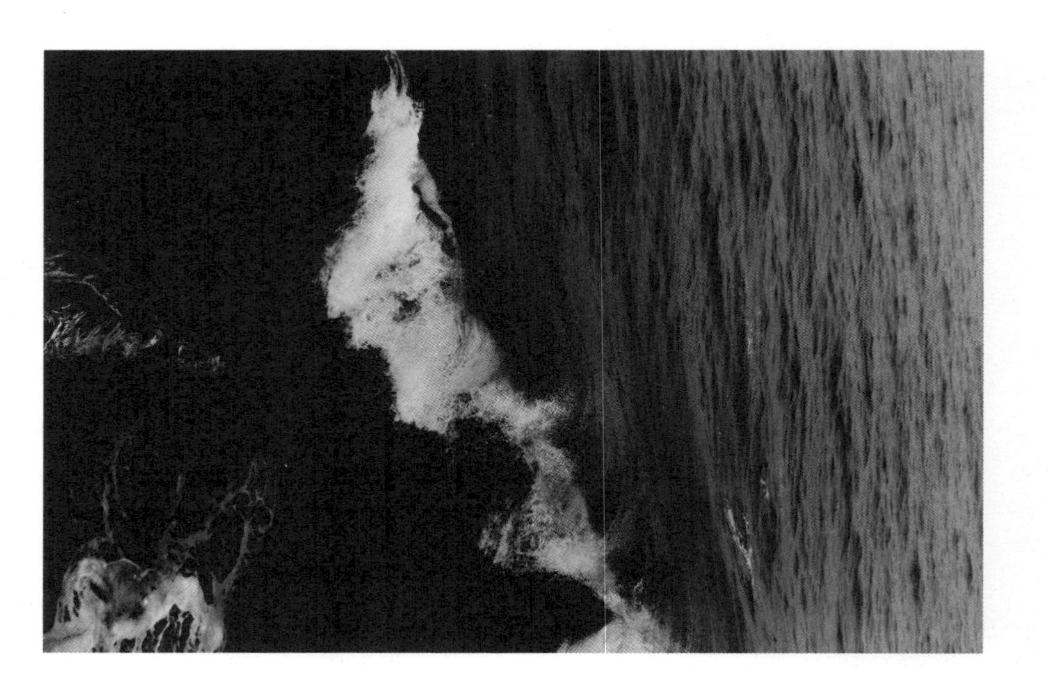

만남을 넘어 나아갈 때

한 차례 농밀했던 커뮤니티가 끝나면
가질 수 없는 두 개의 욕구가 서로 뒤엉키곤 한다.

오늘의 만남을 연속해서 이어가고 싶다는 마음과,
보다 실질적인 변화를 향하고 싶다는 바람.

커뮤니티의 다음은 무엇일까.
커뮤니티는 무엇을 향해야 할까.

↘ 잊지 못할 크리스마스

"힘을 내세요. 그리고 슬퍼하지 마세요."

일 년 동안의 바쁜 커뮤니티를 마치고 간만에 여유로운 주말. 오늘은 밀린 집안일을 하는 날이다. 구석구석 방과 거실을 청소하고 마지막으로 책장에 쌓인 먼지를 털어낸다. 쉽게 손이 닿는 곳에서 시작해 책장 가장 높은 곳과 가장 낮은 곳을 닦다 구깃구깃한 작은 종이를 발견했다. 노랗게 색이 바랜 A4 위로 쓰여 있는 짧은 시. 시의 가장 첫 구절엔 "힘을 내세요. 그리고 슬퍼하지 마세요."라고 적혀있다.

쿵 하고 내려앉는 심장. 사실 누구에게도 말하지 못했지만 최근 슬럼프에 빠져있었다. 더는 통통 튀는 아이디어도 떠오르지 않았고, 반갑게 누구를 환대하는 일도 예전과 달리 버겁기만 했다. 커뮤니티는 너무 많은 걸 기대하게 했고, 그만큼의 깊은 실망을 남겼다. 그렇게 조금은 허무한 연말을 맞이하던 요즘, 아주 우연히 6년 전 내가 가장 뜨거웠던 어린 날의 편지를 발견한 것이다. 이 꼬깃꼬깃한 편지도 딱 이맘때 크리스마스가 가까워져 오던 어느 겨울날 건네받았다.

2013년, 시끄럽게 매미가 우는 여름을 지나 어느새 캐럴이 가득 울려 퍼지는 겨울의 거리가 되었다. 크리스마스는 특별한 이유 없이 거리 위 모두가 설레는 시기다. 하지만 이상하게 크리스마스가 다가올수록 마음은 더욱 조급해졌다. 처음 예상한 것보다 너무 많은 쌀이 모여 버렸고, 이웃 동네에 사는 홀몸 어르신과 모두 만나기엔 내가 내어놓을 수 있는 점심시간이 너무 한정적이었다.

한 해가 가기 전, 그리고 크리스마스가 지나고 헛헛한 연말의 시간이 다가오기 전에 거리의 사람들이 나누어준 쌀과 마음을 어르신께 되돌려 드려야 했다. 그렇게 마음만 바쁘던 찰나 올해는 화이트 크리스마스를 기대하기 힘들다는 뉴스 기사가 불현듯 다가왔다. 가뜩이나 함박눈을 마주하기 힘든 부산이란 도시. 어쩌면 이 쌀로 어르신들에게 '화이트 크리스마스'를 선물할 수 있지 않겠냐 생각이 번뜩이자 나는 곧바로 동네 방앗간을 찾아가 외쳤다.

"아저씨! 이 쌀로 가래떡 만들어주세요!"

딱 이틀 뒤 나는 6개월간 사람들에게 모은 쌀로 모락모락 뜨거운 김이 올라오는 가래떡을 받았고, 어르신과 나누기 위해 1kg씩 나누자 총 떡 봉지 100여 개가 만들어졌다. 한 움큼씩 내어준 사람들의 작은 마음이 이렇게나 크고 묵직하다.

그리고 떡 봉지의 포장지는 나의 프로젝트를 응원하던 사람들로부터 크리스마스 축하 메시지를 받아 모두 손편지로 꾸몄다. 홀몸 어르신을 위해 고등학생부터 어머님, 가까운 울산과 저 멀리 경기도에서 따뜻한 마음이 전해졌다. 비록 온라인으로 연결되었어도 마음의 온도와 결은 모두 따뜻했다.

'할아버지, 할머니 안녕하세요! 여긴 울산이에요! 직접 찾아가서 인사드려야 하는데 이렇게 글로 찾아뵙게 되니 송구스럽네요. 올겨울은 유난히 춥다던데 몸은 추워도 마

음만은 그 어느 때보다도 따뜻한 겨울이 되셨으면 좋겠네요. 세상에 계신 모든 할아버지, 할머니 존경하고 감사하고 사랑합니다.'

'눈 깜짝할 사이에 시간이 가고 벌써 크리스마스가 다가왔습니다. 한 해 마무리는 잘하고 계신가요? 속상하고 마음 아팠던 일은 한숨 한 번으로 털어버리시고 행복했던 기억만 가지고 새해를 맞이하셨으면 좋겠습니다! 항상 건강하시고 행복하세요.'

'이 떡에는 할아버지, 할머니의 따뜻한 겨울을 바라는 작은 마음들이 모여 있어요. 메리 크리스마스! 새해 복 많이 받으세요!'

'겨울이든 여름이든 항상 건강 챙기시고, 또 항상 행복하셨으면 좋겠어요. 같은 동네는 아니지만, 포항에서 한 여고생이 메리 크리스마스를 기도드려요.'

'사랑해요'

'요새 날씨가 강추위가 계속되는데 옷은 어떻게 입고 다니시는지요. 따뜻하게 입고 다니셔야 할 텐데. 내복하고 꼭 챙겨 입으시고요. 끼니도 거르시지 마시고요. 입맛 없으셔도 꼬박꼬박 챙겨 드세요. 끝으로 감기 조심하시고 늘 건강하세요.'

나는 흰 떡과 사람들의 편지를 품은 산타가 되어 온 동네 홀몸 어르신의 대문을 신나게 두드렸다. 물론 빨간색 산타 모자를 쓰는 것도 잊지 않았다. 묵직한 떡 봉지를 받은 어르신은 이 많은 걸 혼자 어떻게 먹냐며 되려 핀잔을 주었지만, 살짝 스친 표정에는 옅지만 분명한 기쁨이 담겨 있었다.

'메리 크리스마스'

투박한 선물과 함께 나는 어르신의 손을 꼭 잡고 이번 겨울 안녕과 평안을 비는 짧은 인사를 드렸다. 매년 크리스마스가 되면 그날 어르신과 맞잡았던 손의 감촉이 떠오른다. 골목 끝까지 나와 내게 손을 흔들어주시는 할머니의 뒷모습도 기억나고, 내어줄 게 이것밖에 없다며 숙취 음료를 꺼내주시는 할아버지의 쑥스러운 표정도 생생하다. 오늘 내가 우연히 펼친 이 짧은 시도, 평생 시인이 되길 꿈꿔왔던 할아버지가 내게 감사의 마음을 표하며 용기 내 선물해주신 본인의 자작시였다.

"힘을 내세요. 그리고 슬퍼하지 마세요."

어르신이 내게 준 시를 몇 번이나 읽고 또 읽었다. 시인이 되지 못해 한평생 한이 남는다며 아쉬워했던 어르신은 '용기를 내서 시를 쓰고, 더 많은 사람에게 시를 보여주어야 했다'고 말했다. 그리고 내게 당신은 아직 젊으니 무엇이든 용기를 내 시도해보라고 말했다.

다시 찾아온 크리스마스. 그리고 힘을 내라 말하는 어르신의 시. 결과가 내가 생각했던 것만큼 아름답지 않고, 당장의 변화가 더디다고 하여도 냉소에 빠지지 않은 채 다시 힘을 내라는 것이 어르신이 내게 전하는 당부이자 오늘의 내게 전하는 위로일 것이다.

당장 변화하지 않는 오늘에 슬퍼하지 않고 다시 나서는 힘이 필요하다. 어르신의 꼬깃한 시를 펼쳐 책상 위에 붙여둔다. 그렇다. 아직은 슬퍼할 때가 아니다.

'힘을 내세요.
그리고 슬퍼하지 마세요'

↘ 거리에 사람이 있다

내 이십 대의 마지막 여름, 단출한 가방을 메고 서둘러 집을 나섰다. 가장 먼저 향한 곳은 팽목항. 팽목은 황량하고, 스산할 정도로 한산했다. 항구 옆으론 개발 사업이 한창이었고, 온통 펄이었으며 포크레인과 흙을 실은 트레일러가 먼지를 뿜으며 바삐 다녔다. 새로운 미래를 그리는 팽목의 입구와 달리, 항구는 고요히 지난 시간을 기억하고 있었다.

한적한 항구를 덮고 있는 건 강한 해풍에 헤져버린 노란 리본뿐이다. 수많은 취재 차량과 봉사자 차량으로 발 디딜 곳 없던 곳이 이젠 한산하다 못해 적막하기까지 하다. 해 질 녘 노란 리본이 달린 빨간 등대 앞에 앉아 이런저런 생각에 빠져있었다. 그렇게 한 시간이 조금 지날 무렵 머리를 길게 기르고 콧수염이 덥수룩한 아저씨가 다가와 말을 걸었다.

"조카는 어디서 왔어."

"부산이요."

"아이고 부산에서 왔어?"

"아저씨는 어디서 오셨어요."

"나는 순천."

아저씨와 나는 아무도 없는 팽목항 빨간 등대에 앉아 하염없이 바다만 바라보며 시답지 않은 질문만 던져댔다. 찾아온다고 해서 특별히 무언가를 할 수 있는 건 아니지만, 세상을 떠난 누군가를 기억하고 조용히 기도를 보태다 보면 조금은 죄책감에서 자유로워질 수 있다.

완전한 어둠이 찾아오자 아저씨는 떠났고 나는 고요한 컨테이너 숙소로 다가갔다. '저희는 유가족이 되고 싶습니다'라고 적힌 컨테이너 간이 숙소 앞엔 6켤레의 신발이 놓여있었다. 얼핏 듣기로 팽목항에 방문하는 손님들도 이곳 숙소에서 하루 정도 잠을 청할 수 있다고 들었지만, 문밖에 놓인 6켤레의 신발을 보니 막상 문을 두드릴 수 없었다.

처음 집을 나설 땐 팽목에 남은 분들과 살갑게 대화

도 나누고, 긴 밤이 적적하지 않게 술과 음료를 권하고 싶은 생각이었는데 막상 컨테이너의 문 앞에 서니 무슨 말을 해야 할지 혼란스러웠다. '요즘 어떠세요'라고 묻는 나의 가벼운 안부가 혹시 상대의 하루를 뒤흔들진 않을까 걱정되었고, '힘드시죠'라는 위로로 겨우 버텨온 일상을 다시 무너트릴까 염려되었다. 무엇보다 낯선 이의 두드림과 갑작스러운 방문이 그들을 더욱 피곤하게 할 테였다.

나는 아무도 없는 컨테이너 밖을 몇 바퀴나 서성이다 결국 문을 두드리지 못하고 팽목항 입구에 있는 민박집으로 향했다. 그날 민박을 찾은 손님은 나 하나뿐이었다. 아무도 없는 고요한 민박집. 작은 방에 누워 불을 끄고 나서야 아무 준비 없이 집을 나선 내가 원망스러웠다. 좋은 마음이라고 해도 이렇게 다가가는 건 옳지 않았다. 미리 연락드리고 정중히 찾아와 만나 뵈어야 했다.

다음 날 민박집 주인은 동거차도행 배가 아침 일찍 출발한다며 서둘러 나를 깨웠다. 마치 여기서 돌아가지 말고 계획한 길을 계속 걸어가라는 듯 정신없이 나의 등을 떠미는 그였다. 다시 돌아서 진도로 나가는 버스 정류

장과 동거차도로 향하는 선착장 앞에서 한참을 망설였다. '나는 정말 그들에게 도움이 될까. 내가 무슨 말을 할 수 있을까' 나에 대한 확신은 여전히 없었지만, 여기서 이렇게 돌아갈 순 없었다.

용기를 내어 오른 배는 진도의 여러 섬을 하나씩 거쳐, 3시간이 지나서야 동거차도에 도착했다. 동거차도에 내린 나는 주민들에게 물어 세월호 유가족이 있는 높은 산꼭대기로 향했다. 별다른 길은 없었다. 칼로 자르고, 힘으로 꺾고, 매일 오르내리며 만들어진 흔적. 사람의 발과 몸으로 짓이겨진 풀의 흔적이 곧 길이었다. 올라갈수록 작은 봄꽃이 피듯 나무마다 묶인 노란 리본의 수는 늘어났다. 그리고 샛노란 리본 길의 끝에 단원고 2학년 1반 아버지들이 있었다.

단원고 아버지들은 교대로 돌아가며 수많은 시간을 텐트 안에서 지내고 있었다. 목적은 세월호 인양 크레인을 감시하는 것이다. 세월호는 망망대해에서 기울어진 것이 아니었다. 꽤 많은 사람이 사는 섬, 동거차도와 아주 가까운 곳에서 기울어졌고 가라앉았다. 두 눈으로 마주한 현실은 무겁고 아팠다. 아버지들이 할 수 있는 일이라곤 매일 높은 바위에 앉아 인양 현장을 바라보는 일뿐이었다. 특별히 아버지들과 해야 할 말은 없었다. 같이 바다를 바라보고, 함께 저녁 식사를 준비하고, 텐트 안 모기를 늦은 밤까지 잡으며, 해무가 잔뜩 낀 아침 그의 곁에 앉아 망원 카메라로 다시 바다를 바라보는 것이면 충분했다.

무슨 말을 해야 할지 고민했었다. 하지만 정작 아버지들의 곁에 앉으니 아무 말도 필요하지 않았다. 동거차도를 나와 이후 전국을 돌며 만났던 거리의 사람들과도 마찬가지다. 이동권을 보장받기 위해 수백 시간을 거리에서 지낸 분들, 권리를 되찾기 위해 철탑 위에서 계절을 보내는 분들, 국가권력에 맞서 진실을 요구하는 이들과 밀양과 제주도 강정처럼 오래 살아온 내 삶의 터전을 지키려는 분들을 만났고, 청년 노동자를 기억하는 구의역과 젠더 폭력을 기억하는 강남역을 향했다. 각자의 목소리를 되찾기 위해 거리로 나온 수많은 사람의 사연이 그곳에 놓여있었다.

그해 거리는 유독 좁았다. 돌아갈 곳이 없는 이들에게 거리는 집이었다. 사랑하는 아들과 딸이 돌아오지 않는 곳을 더는 집이라 부를 수 없기에, 그들은 돌아갈 곳을 잃었다. 시멘트 블록의 차가운 질감, 도로에서 불어오는 메케한 바람. 어떤 마음일지 알 것 같았다.

최대한 눈에 띄게 달아둔 피켓에서 다급한 마음이 느껴진다. 서툴게 작성돼 예리한 논리를 갖추지 못한 피켓이 내가 만든 지난날의 것들과 닮았다. 관계와 추억, 그 모든 것을 순간에 빼앗긴 이들의 곁에 함께 서 있고 싶었다. 피켓을 들고 거리에 서 있던 내게 생긋 웃으며 쌀을 전해 준 하얀 교복의 학생처럼 나도 그들에게 응답해야만 했다.

누구는 거리의 사람들을 바라보며 한발 물러선 '거리감'의 가치를 말했다. 복잡한 사건일수록 적절한 거리를 두는 게 가치 있는 방식이라는 것이다. 대화보단 해석이 앞섰고, 관계보단 관찰이 앞섰다.

그들이 마주할 사람들의 눈빛과 표정이 내가 보았던 것보다 훨씬 거칠다는 것쯤은 오래 고민해보지 않아도 알 수 있다. 절절한 마음으로 맞설수록 조롱과 멸시, 그리고 폭력은 보란 듯이 거세지는 법이다. 그렇게 다시 찾아온 뜨거운 여름. 익숙한 온도를 느끼며 나는 그들의 곁에서 피켓을 들었다. 고통에 대한 위로는 상대를 홀로 두지 않는 것에서부터 시작한다. 그리고 진정한 연결은 말을 넘어설 때야 이어진다. 언제나 말보다 따스한 힘을 가진 건 침묵이기 때문이다.

누군가를 위로해보려고 많은 말을 했습니다.
때로는 말이 필요 없는데도 말입니다.

섣부른 위로로 그들을 상처 낸 뒤에야 깨닫게 됩니다.
그들에게 필요한 것은 그저 곁에서
묵묵히 함께해주는 것임을…

—'세월호와 함께하는 십자가의 길' 중에서

↘ 모임과 계급

오웬 윌슨 주연의 영화 <미드나잇 인 파리>를 좋아한다. 소환할 과거의 이야기가 무궁무진한 예술의 도시 '파리'. 할리우드에서 각본을 쓰는 한 남성이 우연한 시간 여행을 통해 1920년대의 파리로 넘어간다. 1920년대의 파리를 문화의 황금기라 여기는 주인공이 생각에 잠겨 과거의 밤거리를 거닐고 고흐의 <별이 빛나는 밤>이 하늘을 가득 채운다.

주인공은 우연한 사건으로 1920년대의 파리와 2010년대의 파리를 매일 밤 오간다. 과거의 파리 밤거리엔 헤밍웨이, 피츠제럴드, 달리, 피카소가 있다. 시대를 상징하는 거인들은 각자가 꿈꾸는 예술과 치밀하게 설계한 미래를 늘어놓는다. 주인공은 동경해온 영웅 앞에서 자신이 창조한 소설을 꺼내고 어떤 코멘트라도 청해 듣길 원한다. 하지만 그가 가장 먼저 만나야 하는 건 명망 높은 예술가가 아닌 낯설기만 한 미국계 여성 '거트루드 스타인'이다.

'거트루드 스타인'은 파리로 건너간 부유한 미국인이다. 예술적 조예가 깊었던 스타인은 고갱을 비롯해 수많은 예술가의 작품을 구매했고 그녀가 꾸민 작은 갤러리는 현대 미술의 거장들이 지지와 희망을 얻은, 작지만 거대한 예술인들의 요람이었다. 그녀가 만든 공간엔 예술의 정수를 좇아 바다 건너온 미국인과 화려한 성공을 좇던 유럽의 수많은 예술가가 모여들었다.

그의 살롱은 나의 작품을 제대로 평가받을 수 있는 공정한 전시관이자 서로를 만날 수 있는 열린 공간이었다. 『위대한 개츠비』를 저술한 피츠제럴드, 음울하고 서늘한 소설 장르를 열었던 『검은 고양이』 에드가 엘런 포, 가장 미국적인 문체를 구사한 마크 트웨인, 『노인과 바다』로 세계적 명성을 얻은 어니스트 헤밍웨이, 내가 가장 좋아하는 작가인 오 헨리와 이미지즘의 창시가 에즈라 파운드도 이곳 거트루드 스타인의 살롱을 찾았다.

영화 속에서 거트루드 스타인은 주인공의 작품에 흥미를 느낀 첫 사람이자 다른 소설가와 관계를 맺어주는 매개자로 등장한다. 그리고 실제로도 그랬다. 그는 수많은 야망과 욕망이 뒤섞이는 1920년대, 제 존재감을 잃지 않고 예술과 세상을 연결해 낸 인물이었다.

스타인 살롱이 오늘까지 주목받는 건 다양한 대륙의 이질적 특성이 '관계 내에서 예술적 영감'으로 승화될 수 있음을 보여주는 강력한 증거이기 때문이다. 하지만 스타인 살롱엔 담기지 못한 이야기가 있다. 주인공은 문화의 황금기로 여기고 동경했던 시간이지만, 1920년대의 유럽은 대륙을 공포로 이끌었던 1차 세계대전이 끝나고 아직 전쟁의 상처가 아물지 않은 사회, 서로를 불신하고 관계가 단절된 사회였다.

명성이 가득한 예술가의 뒤로 하루의 생존을 걱정해야 하는 시대의 소시민들이 있다. 그들에게 문화는 사치였을 것이다. 그렇다면 영화 속 주인공이 말한 것처럼 1920년대를 문화의 황금기라 칭할 수 있을까. 문화 황금기의 대상은 누구이며 시대의 대표성을 가진 이들은 또 누구인가.

커뮤니티를 운영하며 갖게 되는 고민도 이와 결이 같다. '지금 나의 시대를 대표하는 이는 누구이며, 나의 살롱에 초대받은 이는 누구인가', '오늘 우리가 말하는 문화는 과연 보편 다수가 삶으로써 향유하는 문화가 맞는가'. 그들에게 살롱의 정의를 되묻고 싶다. 1920년대를 살아가던 저명한 예술가가 아니라 당시를 살아가던 수많은 소시민에게 살롱이 어떤 의미로 다가오는지 묻고 싶다.

커뮤니티 공간을 운영하며 취향에도 계급이 담긴 것을 느낀다. 같은 음악 프로그램이라도 바이올린, 첼로, 피아노 3중주가 호흡을 맞춘 시간과 오직 가수의 목소리와 통기타로만 채워진 시간의 풍경은 많은 것이 다르다. 공간을 찾아오는 사람도, 직업도, 의상도, 아티스트에게서 꺼내진 메시지도, 담담히 삶을 살아내 행위를 펼치는 예술가의 표정도 다르다. 우리가 향유하는 취향엔 각자가 머물렀던 세상이 담겨있다. 그리고 각자가 연결된 작은 사회 안에서 취향은 공유되고 강화된다.

바다 건너온 다른 대륙의 문화가 낯선 것처럼, 내가 삶으로 머물지 못한 문화는 쉽게 상상하기 힘들다. 이것이 우리가 앞으로 머물 이후의 사회를 가른다. 쉽게 넘나들 수 없는 문화적 장벽이다. 오늘 이 시대에도 살롱을 다시 구현하려는 시도가 계속해서 이어진다. 하지만 선한 목적이 언제나 선한 결과를 낳는 것은 아니다.

취향을 중심으로 사람과 관계를 엮어내려는 시도가 어쩌면 의도치 않게 각자의 세계를 구분하고, 계급을 부드럽게 강화하는 역할을 하진 않을지 늘 예민하게 염려한다. 나는 취향의 강화보다 취향의 붕괴를 선호한다. 기존에 가지고 있던 문화적 세계관이 붕괴되고 신선한 만남으로 세상의 범위를 재설정하도록 기회를 만드는 것이 커뮤니티 매니저로 설정한 나의 지향이다.

거트루드 스타인은 자신의 공간을 찾아온 미국의 예술가를 '잃어버린 세대'라 정의했다. 한 차례의 세계대전을 겪고 오늘의 삶에 환멸을 느끼고, 산뜻한 미래의 희망을 상실한 세대를 부드럽게 칭한 것이다. 마치 실수로 무언가를 잃어버린 것처럼 오늘의 거센 일상도 '너희의 잘못'이 아니라 그저 찾아온 '한 차례의 짧은 소나기와 같은 불행'이라는 따뜻한 해석이다.

— 청년 커뮤니티 〈철학 반찬〉을 준비하며 작은 팀을 꾸렸었다. 함께 장을 보고, 요리하고, 보이지 않는 곳에서 뒷정리까지 살뜰히 했던 우리 팀의 이름은 '플뢰뤼거리 27번지'였다. 플뢰뤼거리 27번지는 스타인 살롱의 주소다. 앞으로도 나는 이 이름으로 철학 반찬과 같은 커뮤니티와 살롱을 여러 차례 시도할 것이다.

살롱 문화의 발현과 확산은 어쩌면 1920년대의 실험과 같은 맥락을 좇는 것은 아닐까 생각한다. 100년이 지난 시점의 우리도 '접속할 세계를 잃어버린' 것은 마찬가지일 테니까 말이다. 오늘도 나의 살롱을 열고 닫으며 조용히 질문한다.

21세기의 우리가 잃어버린 것은 무엇일까.

↘ 코로나19 마주한 적 없던 세상

친한 동생에게서 전화가 왔다. 늘 씩씩하게 지내던 녀석이 오늘은 씁쓸히 웃으며 당분간 대리운전을 할 계획이라고 말했다. 이미 자기 앞가림만으로도 머리가 아플 텐데 동생은 매일 사람 만나는 형이 더 힘들겠다며 코로나 시기를 잘 이겨내자고 말했다.

동생의 업은 아동을 대상으로 한 체육교육이었다. 창업한 지 2년 만에 십여 명의 직원을 채용할 정도로 단단히 키워가던 사업이지만 사회적 거리두기가 시작되고 모든 유치원의 개원이 '무기한' 연기되자 한순간에 모든 일이 사라져버렸다. '무기한'이란 단어에 담긴 '무기력함'. 언제 끝날지 모를 고난은 가장 앞서 희망을 앗아가 버렸다.

형의 목소리가 듣고 싶어 전화했다는 동생에게 넉넉한 여윳돈을 보내주고 싶지만, 나의 삶 역시 불안하긴

매한가지다. 코로나는 누군가의 생명을 앗아갔고 많은 사람의 생계를 위협했다. 사회적 거리두기가 시작되자 커뮤니티 프로그램을 운영하던 많은 공간도 멈추었다. 마스크로 얼굴의 반을 가려야 했고, 옷깃이 스칠 만큼 밀착된 거리는 더는 친밀함이 아닌 바이러스를 옮길 수 있는 불안한 거리가 되었다.

생각보다 많은 직업이 '만남'을 전제로 설계되었다. 사회적 거리두기로 죽음에 대한 공포는 막아도 생계에 대한 공포를 막지 못하는 이유이다. 이런 실질적인 고통 앞에서 나는 무슨 실험을 할 수 있을까. 모든 사람이 내일의 삶을 위해 허리띠를 졸라매는 이때 나는 무엇을 시도 할 수 있을까.

코로나는 많은 걸 바꿔놓았다. 모두가 찾던 공공 공간은 불특정 다수가 다녀간 위험한 공간이 되었고, 낯선 사람은 더는 설렘이 아닌 불안의 대상이, 타인은 바이러스를 전파하는 위험한 매개자가 되어버렸다. 코로나가 남긴 가장 거대한 유산은 서로를 향한 불편한 인식이다.

코로나 시기의 대안으로 기술을 통한 만남을 시도한다. 하지만 만남의 방식은 대체할 수 있어도 눈을 마주치는 감동은 그 무엇으로도 대체할 수 없다. 모든 것이 단절되고 나서야 우리의 많은 것이 서로 연결되어 있음을 알게 된다.

생존이란 거대한 주제 앞에 커뮤니티는 한없이 작아 보이지만 나는 나의 자리에서 해낼 수 있는 것을 준비해야 한다. 코로나 이후 다시 타인에 대한 신뢰, 상호성과 연결이 주는 기쁨을 되찾아야 하기 때문이다.

우리는 서로에게 바이러스를 전파하는 매개자만이 아니다. 오랜 시간 새로움과 낯섦. 설렘과 가능성, 계기와 희망을 전파하는 매개자였다. 부디 모두가 이번 아픔을 무사히 통과하기를 바란다. 그리고 다시 마주 앉아 어떻게 지냈는지 가벼운 안부와 미소를 건넬 수 있길 꿈꾼다.

↘ 내가 있는 곳이 나의 온도를 결정한다.

태어난 계절, 들이쉰 첫 계절의 공기가 그 사람의 끝날까지 함께 할 고유한 '숨'이 된다. 난 가을의 공기를 들이쉬었다. 내 숨의 온도와 가을이란 계절은 많은 부분이 닮아있다. 역동적이지 않고 고요하며 여명과 황혼의 온도가 다른 계절. 숲속 어딘가에 짙은 안개를 품고 따스함과 차가움을 오가는 종잡을 수 없는 태도가 나와 닮았다.

커뮤니티로 모인 사람들의 숨에서 각자의 계절을 느낀다. 사람들은 저마다 자기가 태어나 처음 들이쉰 계절의 색채를 띠고 있다. 가령 가을에 가까운 나는 희망보다 상실을 말하지만, 따뜻한 봄날에 태어난 이는 상실보다 희망과 시작에 대해 말하는 식이다. 어린 시절엔 냉랭하기만 한 나의 모습이 부적응자 혹은 실패자의 모습처럼 보였다.

사회는 하나뿐인 젊음을 화려하게 꽃피우라 종용했지만, 아무리 찾아보아도 내게 풀숲에 심을 만한 달콤한 향기와 꿀 내음이 나는 꽃은 없었다. 그때는 꽃피움이 내 삶의 목적이라 생각했다.

몇 년의 시간이 지나고 나서야 알았다. 네 개의 계절이 있듯 사람들에게도 저마다 알맞은 분위기가 있다. 모든 젊음이 봄날의 싱그러움과 희망을 품어야 하는 것은 아니다. 봄엔 봄의 역할이 있고 가을엔 가을에 걸맞은 역할이 있다.

가을은 여름 동안 뜨거워진 대지의 열을 식힌다. 서로의 생명력을 경쟁하며 뜨겁게 부딪혔던 여름의 마찰을 식힌다. 오직 가을만이 뜨거워진 생명의 열기를 식힐 수 있듯, 외롭고 냉랭한 사람에게도 타인을 품어낼 수 있는 그만의 역할이 있다.

시작을 축복할 수 있는 건 봄이고, 이별을 위로할 수 있는 건 가을이다. 가을이 주는 위로가 여기서 시작된다. 온 대지의 생명이 나와 함께 외로워하는 시간. 서서히 축소되는 생명이기에 나를 포근히 안아준다.

몸에 밴 향기는 쉽게 사라지지 않는다. 봄과 여름,

가을과 겨울의 숨이 뒤섞일 때 우리의 만남이 비로소 시작되었음을 느낀다. 뜨거운 열정의 시간이 지나고 이젠 냉랭해진 공기가 필요하다.

나는 이제 만남을 넘어 나아가려 한다. 아쉬움과 설렘이 공존하는 가을의 온도와 쓸쓸한 거리를 닮아 차분히 그러나 끝까지, 넘어지지 않으려 애쓰는 당신을 초대하는 커뮤니티로 나아 가려 한다.

↘ 오늘 이 도시의 언어는 커뮤니티

community

라틴어 communis, '같이', '모두에게 공유되는' 이란 뜻에서 유래.
Communis 는 접두사 con- (함께)와 munis (서로 봉사한다)의 합성어.

그동안 청년 세대를 관통해왔던 단어는 '개인'이었다. 집단에 맞춰 나를 이익을 앞서 희생했던 세대는 이전에 마주하지 못했던 '내 것'에 대한 거센 요구를 '이기심' 혹은 '개인주의'로 해석해왔다. 그런데 만약 청년 세대가 정말 개인만을 좇는다면 왜 지금 이들에게서 '커뮤니티'가 꺼내지는 걸까. 이들은 왜 서로 만나려고 하는 걸까.

혼자 밥을 먹고 혼자 술을 마시는 세대가 이젠 '혼자 노는 걸 즐기는 사람들'끼리 모이고 있다. 조용히 책 읽는 걸 좋아하는 이들끼리 모여 독서 모임을 하고, 타인과 대화 없이 오로지 달리기에만 집중하고 싶은 이들끼리

러닝 크루로 강변을 달린다. 사실 청년들은 처음부터 집단을 거부한 것이 아니었다. 더 정확히는 나로서 존재하지 못하는, '개인의 개성을 잡아먹는 집단'을 거부해왔다.

거대한 집단에 들어가 그들의 논리에 적응하고 순응하는 건 이미 충분히 해왔다. 이젠 비슷한 표정을 가진 수많은 사람 중 하나가 아니라 그 어디에도 없는 고유한 나로서 존재하고, 나만의 기준과 문제의식을 유지한 채 내 호흡에 따라 말할 수 있도록 기다려주는 시간과 공간을 새롭게 갈구한다.

이젠 관계를 편집하는 시대가 되었다. 집단에 내가 적응하는 것이 아니라 내게 가장 편안함을 느끼는 집단을 입맛에 맞게 선택한다. 그리고 나에게 알맞은 편집의 기준을 찾기 위해 나의 취향을 발견하려는 모험을 계속해서 이어나간다. 다양한 주제와 형식의 커뮤니티를 찾아 개성 있는 나의 모습으로 살아가는 세상 속 다양한 존재들과 직접 만나보는 것이다.

커뮤니티라는 단어로 집단을 해체하고, 조립하고, 새롭게 선택하는 경험이 다양한 경험을 통해 파편화된 나를 회복시킨다. 앞으로는 사회진입이라는 단어보다 사회참여라는 말이 정확할 것이다. '나로서', '온전히', '존재하는 것'. 커뮤니티를 찾는 청년에게서 관찰되는 뚜렷한 목적이다.

어느 시대든 도시를 관통하는 단어가 있다. 그건 도시가 향할 지향일 수도, 감춰진 도시의 내면을 해부하는 진단일 수도 있다. 둘 중 무엇일지는 모르나, 오늘의 시대를 관통하는 단어가 '커뮤니티'임은 분명하다.

오늘의 도시가 꺼낸 단어 '커뮤니티'를 해독하기 위해선 충분한 시간이 필요할 것이다. 그리고 사회를 휩쓸었던 지난 단어들처럼 한 차례의 거친 파도가 지나고 나서야 오늘의 열기가 무엇을 남겼는지 확인할 수 있을 것이다. 다만 한 가지 미뤄 짐작할 수 있는 게 있다. 커뮤니티라는 단어를 통과하고 나서의 우리는 이전보다 훨씬, 한 단계 더 성숙한 태도로 서로를 대하고 있을 거라는 사실이다.

낯선 사람과 커뮤니티를 시작하는 당신에게

오늘도 생경했던 하루를 꺼내
탁탁 먼지를 털어 창 앞에 걸어둔다.

마주쳤던 이들의 향수 내음과
지글지글 끓던 찌개의 내음이 뒤섞여
내 겉옷은 아직 소란스럽기만 하다.

수줍게 꺼낸 개인의 말은 아직 생생하고,
꺼내지 못한 말들은 입안에 남아 이리저리 방안을 거닌다.

커뮤니티를 향한 세 가지 방법론에는
오늘의 아쉬움과 함께
내일은 더 편안한 관계를 만들겠다는 다짐이 담겨 있다.

↘ 커뮤니티 tip – 기획 편

커뮤니티는 누구나 시도할 수 있는 문턱 낮은 집단이지만 어떻게 시작해, 무엇으로 마무리할지 설계의 단계부터 많은 것이 모호한 영역이기도 하다. 다양한 커뮤니티를 접하다 보면 어느 순간 내가 직접 커뮤니티를 만들고 싶다는 생각이 떠오를 것이다.

나 역시 많은 것이 부족하고 미진한 경험만 남은 사람이지만 그래도 누군가에게 도움이 되지 않겠냐 기대로 글을 남긴다. 만약 커뮤니티를 시작하고 싶다면. 지금 당신만의 커뮤니티를 운영하고 있다면, 이 짧은 방법론으로 서로에게서 더 많은 것을 끌어내는 시간이 되길 바란다. 당신이 만들 커뮤니티가 더욱더 단단한 커뮤니티가 될 수 있길 바란다.

① 나의 욕구에서 시작하기

커뮤니티는 한 번에 종료되는 이벤트가 아니다. 나의 욕구를 참가자에게 설득하는 것부터 시작해, 욕구에 공감하는 사람을 모집하고, 긴 호흡으로 모두의 욕구를 새롭게 꺼내는 마라톤에 가까운 작업이다. 톡톡 튀는 아이디어보다는 관계를 놓지 않는 강인한 지구력이 필요한 이유다.

특히 커뮤니티는 다른 프로젝트처럼 손에 잡히는 뚜렷한 결과마저 없다. 그래서 커뮤니티 운영자의 '내적 동기'가 중요하다. 우리가 왜 모이고 있고, 이 연결이 무슨 의미가 있는지 커뮤니티 운영자가 자신의 언어로 정리해내지 못한다면 '커뮤니티로서의 매력'을 오래도록 유지하기 어렵기 때문이다.

'나 갑자기 이거 해 보고 싶어'와 같이 조금은 영글지 않은 욕망에서도 충분히 커뮤니티가 시작될 수 있다. '완벽한 동기'보다 중요한 것은 마음 깊숙한 곳에서 시작된 '나만의 충동'이다. 세상의 이유가 아니라 나만의 언어로 시작된 커뮤니티라면 시작의 형태가 조금 모호하다 하더라도 끈질기게 완벽을 향해 나아갈 힘이 있다.

기억하자. 형태와 내용은 다음 문제다. 가장 중요한 건 다듬어지지 않은 커뮤니티의 시작을 돌파할 수 있는 내면의 욕구. 깊숙한 곳에서 끓어오르는 나만의 열망을 찾아내는 것이다.

② 주변의 필요에서 시작하기

나와 함께 살아가는 주변 사람들의 내면에 새로운 가능성이 숨어있다. 앞선 글에서 소개한 〈철학 반찬〉의 기획자 아토, 자작곡 워크숍 〈Make My Music〉의 기획자 눈썹의 시작처럼 말이다. 이미 알고 있던 사람에게서 꺼낸 커뮤니티의 장점은 '흔들리지 않는 진정성'에 있다. 나는 아토가 철학을 얼마나 사랑하는지 알았고, 눈썹이 얼마나 열정적으로 음악을 바라는지 알았다. 두 프로그램이 지역에서 성공적으로 자생할 수 있었던 건, 최초의 바람을 품은 커뮤니티 기획자의 방향성이 흔들리지 않고 지속적으로 이어졌기 때문이다.

함께 살아가고 있는 주변 사람들의 언어를 잘 들어본다면 내가 상상하지 못한 새로운 커뮤니티에 대한 힌트가 있을 것이다. 주변의 필요를 귀담아듣고, 그들을 커뮤니티의 세계로 이끌어보자. 일상에서 확장되는 그들의 바람이, 더욱 많은 사람이 공감할 수 있는 커뮤니티로 나아갈 것이다.

③ 지역의 시선에서 바라보기

내가 머무는 공간을 넘어 지역의 시선에서 바라본다면 훨씬 넓은 의미의 커뮤니티를 기획할 수 있다. 우선 지역이 가진 강점과 독특한 자원을 활용해 커뮤니티를 기획할 수 있는데, 나 역시 광안리에서 지내는 만큼 해변을 활용한 프로그램을 많이 고민했었다.

비록 코로나 바이러스의 확산으로 제대로 시도하진 못했지만 우리는 부산문화재단이 지원하는 예술가와의 협업 프로젝트를 통해 광안리 바다를 활용한 힐링 커뮤니티를 계획했었다. 바쁜 일상으로 지쳐있는 청년들이, 붉은 노을이 지는 하루의 끝자락에 모여 광안리 바다의 바람과 짠내를 맡으며 숨과 몸을 가다듬는 워크숍 프로그램이었다.

반대로 지역의 한계에 주목한 커뮤니티도 있다. 부산에서 가장 큰 규모를 자랑하는 '북 커뮤니티 사과'에선 수도권의 작가를 초청해 지역 독자들과 교류하고 관계 맺는 프로그램을 이어가고 있다. 지역에선 유명 작가와의 만남을 쉽게 갖기 힘들다는 '결핍'에 주목해 프로그램을 기획한 것이다.

이처럼 커뮤니티 기획의 시작은 일상을 돌아보는 것에서부터 출발한다. 내가 사는 지역의 강점과 한계를 동시에 바라본다면 수많은 사람이 공감할 수 있는 프로그램을 시도해볼 수 있다. 나다움을 향한 욕구에서 시작해 내가 잘 할 수 있는 방향으로 하나씩 변형되어 가며, 세상에 없던 독특한 나만의 커뮤니티가 다듬어지는 것이다. 내가 머무는 지역과 주변과 나의 내면을 잘 들여다보자. 면밀히 관찰한다면 나의 욕구가 반영된 새로운 커뮤니티를 시작할 수 있을 것이다.

↘ 커뮤니티 tip – 운영 편

시도할 커뮤니티를 기획했다면 이제 본격적인 운영에 들어가야 한다. 커뮤니티는 지향하는 내용만큼 운영의 방식에서부터 세심하게 신경 써야 하는데, 프로그램을 운영하는 방식에 이미 상대를 대하는 태도와 관계에 대한 철학이 녹아들기 때문이다. 그럼 더욱 편안한 커뮤니티를 운영하기 위해 체크해야 할 몇 가지 사항을 이야기해보자.

| 가장 먼저 선택해야 하는 건 '필요하지 않은 정보'

참여자에게 인식되는 커뮤니티의 첫 모습은 '참가 신청서'일 것이다. 그리고 대개 참가 신청서는 아래와 같은 6개의 질문으로 시작한다.

- 이름
- 전화번호
- 성별
- 나이
- 주소
- 메일주소

내용을 장악하지 못할수록 많은 것을 물어보게 된다. 프로그램의 방향을 명확히 이해하는 사람만이 필요한 정보와 필요하지 않은 정보를 구분할 수 있기 때문이다. 언제나 어려운 건 내게 무엇이 필요하지 않은지 아는 일이다.

프로그램의 참가 신청서만 보아도 이번 프로그램이 무엇을 쫓고, 기획자가 어떤 고민을 했는지 알 수 있다. 나의 기획 방향과 컨셉, 의도, 목적에 따라 무엇을 묻고 무엇을 묻지 않을지 선택하자. 질문의 개수를 줄여 컴팩트한 신청서를 만들수록 커뮤니티의 방향은 명확해질 것이다.

| 언제나 감수성이 필요하다

프로그램의 진행을 위해 필요한 정보가 정리되면 질문의 방식을 매만져야 한다. 만약 특정한 세대를 대상으로 기획한 커뮤니티라면 '나이를 기재하시오'와 같은 투박한 방식의 질문이 아니라 조금은 완곡한 표현으로 표현하는 것이 좋다. (가령 20~25세와 같이 연령대의 구간을 선택하게 하거나 10년 단위로 끊어 세대를 기입하게 하는 방식)

질문의 형태를 신경 써야 하는 건 아무리 단순한 질문이어도 나를 설명해내야 하는 모든 경험이 다시 나를 정의하기 때문이다. 신청서를 문학작품처럼 아름답게 써야 할 필요는 없지만, 성별에 대한 표시 여부, 식단에 대한 선택 여부, 학력과 직업을 적어내야 하는 것과 같이 운영자의 편의 앞에 개인성이 소거되지 않도록 섬세히 고민하는 노력이 필요하다. 같은 내용을 다룬다고 하여도 독특한 개인으로 존재할 수 있도록 작은 문을 열어두는 커뮤니티는 분명 다른 기억을 남길 것이다.

운영자는 커뮤니티의 성과가 기발함과 재미, 그리고 의미에 달려있다고 생각하지만, 정작 참가자에겐 '내가 누구로서' 참여할 수 있었냐에 따라 경험의 질이 달라진다. 그래서 응답이 남길 감정을 앞서 짐작하는 섬세한 고민이 필요한 것이다.

누군가에겐 아무렇지 않은 질문이 누군가에겐 존재를 흔드는 아픈 질문일 수 있다. 커뮤니티 기획자는 내용에 대한 고려와 함께 참여자에 대한 배려를 늘 챙겨야 한다.

✦프로그램의 참가신청서는 구글 설문지나 네이버 폼을 통해 쉽게 만들 수 있다. 만들어진 참가신청서를 공유할 땐 bit.ly와 같은 URL 단축 사이트를 통해 한글로 축약해 전송한다면 더욱 접근성을 높일 수 있다.

| 안내 문자는 신속하게

참가 신청을 받았다면 감사 인사와 함께 되도록 확정 여부를 신속히 전달하는 것이 좋다. 프로그램의 확정 여부를 서둘러 전달해야만 참여자도 여유를 두고 개인 일정을 체크할 수 있기 때문이다. 그리고 가장 중요한 것이 '땡큐 문자'다. 평일 저녁 늦은 시간에 마치는 커뮤니티. 소중한 시간을 내어준 참여자에게 감사의 마음과 간단한 후기를 담은 문자를 보낸다면 커뮤니티의 여운을 보다 길게 전할 수 있다.

커뮤니티는 우리가 만나기 전에 이미 시작되고, 모두가 안전히 집에 귀가한 이후에야 종료된다. 만남 이전과 이후, 우리가 어떤 문장을 건네느냐에 따라 관계의 강도는 달라질 것이다.

↘ 커뮤니티 tip - 진행 편

| 커뮤니티의 언어는 들려주는 것이 아닌 보여주는 것

종종 1대1로 만나 '대면 인터뷰'를 진행하게 된다. 사람마다 차이가 있겠지만 나는 개인 작업 시간이 늘어나더라도 현장에서 기록하며 인터뷰하지 않는 편이다. 아주 짧은 순간이지만 기록을 위해 거둔 시선이 상대의 몰입도를 낮추기 때문이다. 좋은 질문보다는 눈을 맞추는 시간이 더 좋은 답변을 끌어낸다.

커뮤니티를 준비하는 많은 사람이 어떤 말을 건네야 할 지 고민한다. 하지만 우리의 관계엔 생각보다 언어가 중요하지 않다. 말보다 중요한 건 섬세하게 꺼내지는 작은 제스처와 시선이다. 적극적인 참여를 유도할 땐 상대를 지긋이 바라보는 것이 더 효과적이고, 발언을 중단시

킬 땐 앞으로 기운 상체와 강한 끄덕거림이면 충분하다.

진행을 잘하는 사회자는 유려한 말솜씨를 자랑하는 사람이 아니다. 굳이 말을 하지 않고서도 눈빛과 태도만으로 상대의 발언을 부드럽게 제지하고, 움츠러든 참여자에게 용기를 불어넣는 사람이 가장 좋은 진행자다. 더욱 원활한 커뮤니티 운영을 위해선, 비언어적 표현의 적극적인 활용이 중요하다.

| 우리는 공간에 지배된다

커뮤니티의 목적에 따라 다수의 사람이 함께 말하는 좌담회 형식의 프로그램이 있고, 소수에게 발언이 집중된 강의 형식의 프로그램이 있다. 나는 커뮤니티에 맞춰 테이블 세팅을 명확히 구분하는 편이다. 공간의 형태에 의해 진행자가 굳이 개입하지 않더라도 어느 정도 일정한 분위기와 태도를 유도할 수 있기 때문이다.

원형 형태의 테이블 배치는 서로의 일치점을 찾거나 참여자 간의 동질성을 확인시킬 때 효과적이다. 참여자들의 시선을 허용하면 개인의 권한이 세지고, 더욱 적극적인 발언과 참여가 이어진다. 마주치는 눈빛에서 공감대와 지지자가 생기기 때문이다. 나는 최대한 많은 사람의 이야기를 꺼내거나, 참여자 간의 밀접한 관계를 형성하는 게 목적이라면 꼭 원형의 형태로 둥그렇게 테이블을 배치한다.

반대로 개인에게 발언권이 집중된 토크콘서트이거나 진지한 분위기라면 꼭 단차가 있는 무대에서 진행하는 편이다. 참여자들이 서로를 바라보지 못하고 오직 무대만 바라본다면 서로의 관계는 단절되고 진행자와의 일대 일 관계가 형성되기 때문이다. 참여자들이 서로를 바라볼 수 없다면 개인의 발언권은 축소된다. 모두가 한 사람만을 바라보고 있기에 무대 위 사람에게 무언의 권력까지 부여된다. 어느 때엔 초대된 이야기 손님을 보호하기 위해 일부러 무대에 세우기도 한다. 그의 언어에 적당한 권위와 진정성을 부여하기 위해서다.

참여 시간이 제한되어 있고, 프로그램의 내용을 완벽히 통제해야 하는 경우라면 다수의 시선이 고정된 무대 형식이 효과적이다.

우리는 공간의 형태에 지배받는다. 멘트를 잘 다듬

는 것보다는 의자의 간격과 공간의 형태를 촘촘히 디자인하자. 분명 프로그램의 완성도를 높이고 참여자에게도 좋은 경험을 줄 수 있을 것이다.

| 당신은 우리 커뮤니티의 대상이 아닙니다

커뮤니티는 명확한 주제가 있고 해당 주제에 맞는 사람만을 모아내는, 어느 정도는 폐쇄적인 면을 가진 모임이다. 모두에게 매력적인 커뮤니티란 존재하지 않는다. 모두의 관심을 끈다는 건 대상과 주제가 그만큼 모호하다는 뜻과 같다. 커뮤니티 운영자가 내뱉어야 할 한 가지 말이 있다면 "관심 가져주셔서 감사합니다만… 선생님은 우리 커뮤니티의 대상이 아닙니다" 이다.

누구나 참여할 수 있도록 대상을 여는 방식은 쉽다. 하지만 그만큼 의미 있는 내용을 담보해내긴 어렵다. 커뮤니티는 취향이 일치하는 사람에게만 제공하는 집중된 프로그램이란 걸 잊지 않아야 한다.

대상을 명확하게 좁힐수록 커뮤니티에서 꺼내지는 대화와 공유되는 삶의 고민, 참여자 간의 일치와 연결,

함께 나누는 경험의 질적 수준은 향상될 것이다.

커뮤니티의 결과는 참여자와 함께 만들어가는 것이다. 명확한 대상이 명확한 결과를 만들기에 난 누구에게나 열려있는 커뮤니티보단 내가 참여할 수 없는, 분명한 색깔과 주제를 가진 이들과 만들어가는 커뮤니티를 응원한다.

↘ 커뮤니티를 시작하려는 당신에게

만약 당신이 커뮤니티를 시작하려 한다면 가장 먼저 지켜야 할 것은 규칙도 목적도 아닌 바로 '나' 자신이다. 만남과 헤어짐의 반복된 흐름 속에서는 나의 열정 역시 쉽게 소진되기 때문이다. 커뮤니티를 시작할 당신에게 오늘의 활동과 최초의 동기를 지키기 위한 몇 가지 당부를 전하고 싶다.

| 커뮤니티는 끈끈하지 않다

누군가는 커뮤니티의 성과를 '참여자와의 연속적인 관계'로 측정하기도 한다. 이는 '관계'를 대하는 각자의 태도에서 기인하는데 연결의 의미를 관계의 빈도와 연속된 시간에서 찾는 것이다. 하지만 내가 상정하는 관계는 그렇지 않다.

관계를 평가하는 나의 기준은 '순간의 일치'다. 사람은 언제나 상수가 아닌 변수다. 우리의 상황이라는 건 언제든 달라질 수 있고, 관계 역시 각자의 사정에 따라 끈끈하거나 느슨해질 수 있다. 외부 요인에 의해 측정값이 달라진다면 그것은 올바른 기준으로 볼 수 없다.

내가 찾은 기준은 '순간에 꺼내진' 개인의 내밀한 이야기다. 커뮤니티의 성과를 참여자의 숫자와 만난 횟수가 아니라 개인의 이야기가 얼마나 솔직하게 꺼내질 수 있었는지로 상정해보자. 커뮤니티는 언제나 '관계의 강도'가 아닌 '일치의 정도'로 측정해야 한다.

| 나와 같은 고민을 하는 동료와의 접점을 늘리자

나를 지키기 위해선 각자의 커뮤니티를 이어가는 지역의 동료를 확보하는 게 중요하다. 곁에서 내 떨림에 공명해주는 동료가 없을 때 나의 떨림은 쉽게 불안이 된다. '커뮤니티 기획자'로서 동료와 나를 지켜내는 단출한 안전망을 모색해보자. 어떤 시도든 이제 소진의 방식이 아닌 채움의 방식으로 나아가야 한다. 나의 활동력을 지키는 것이 우리의 꿈을 지속할 수 있게 만드는 유일한 방법이다.

| 이런 커뮤니티는 경계하자

매월 수많은 커뮤니티가 생겨난다. 그중 가장 눈에 띄는 건 개인의 문제를 해결해주겠다는 커뮤니티다. 오늘의 불안이나 미래에 대한 궁금함, 꼬여만 가는 삶의 원인이 무엇인지 대신 좇아주겠다는 내용이 골자를 이룬다. 이런 커뮤니티는 대부분 콘텐츠는 좋을지 몰라도 형태에서 문제가 발생한다.

발언의 기회가 제한된 다수와 마이크를 쥐고 주목받는 한 사람. 상호-유기적이지 않고 수직-고정적으로 형성된 커뮤니티다. 겉은 커뮤니티의 조건을 갖췄지만, 내부는 그렇지 않다. 여기서 오류가 발생한다.

이런 구조에서 개인의 삶을 꺼내거나, 민낯의 자아로 만나는 건 위험하다. 같은 눈높이에서 함께 꺼낸 고백이 아니기에 고민을 해석하고 솔루션이 제공되는 구조 속에서 합의되지 않은 권력이 생기는 것이다. 미처 경계하지 못한 사이에 의존하게 되고, 삶의 주도권이 흔들릴 수 있다. 그리고 특히 요즘엔 이를 의도적으로 이용하려는 사람이 너무 많다.

커뮤니티는 지지와 회복의 경험을 담는 그릇이다. 친절한 대화 속에 수많은 감정과 일상이 오간다. 하지만 그렇다고 해도 타인의 삶에 개입하는 일은 언제나 신중해야 한다. 명확하게 영역 밖의 일이기 때문이다. 따뜻한 위로는 순간이고 호의의 유효기간은 짧다. 그리고 최종의 공백을 메워내는 건 언제나 홀로 '일상'을 마주할 상대방의 몫이다. 이 명제를 헷갈리게 해서는 안 된다.

그럼 무엇을 지향해야 할까

다른 가능성이 확인되는 것만으로도 숨을 돌릴 수 있다. 삶의 빈틈을 목격하게 하는 것이 내가 설정한 커뮤니티의 제1목적이다. 누군가는 이런 관계망에 사용료를 책정해 수익을 만들기도 하고, 비슷한 사람들끼리의 새로운 사회를 창조하지만, 나의 지향은 다르다.

지금까지, 또 앞으로 만들 커뮤니티의 목적은 가장 낮은 자리에서 서로의 삶을 섞어내 공고해 보였던 일상의 벽을 허무는 것에 있다. 모두가 독립적이고, 모두가 나로서 존재할 수 있고, 지친 일상의 새로운 가능성을 찾도록 도와주는 것이 나의 지향이다.

이렇게 커뮤니티 기획, 운영, 진행. 세 가지 범주로 나눠 나의 경험을 담아보았다. 당신이 만들 커뮤니티에 나의 글이 도움이 되길 희망한다. 무엇을 생각했든 초심자의 행운을 기대하며 가볍게 시도하길 바란다. 그리고 새로운 사람과 새로운 일상으로 향할 당신을 온 맘 다해 응원한다.

나가며

나의 가능성을 알아봐 주는 사람들과 함께

모두가 찬란한 성공 스토리를 이어가는 지금, 30대에 진입한 어느 청년의 찌질한 일상을 삽입했다. 지난 순간을 천천히 바라보니 모든 것이 글감이자 영감이며 양분이었다. 나의 글이 앞으로 이곳에 발을 디딜 누군가에게 작게나마 도움이 되길 바란다. 그동안 나는 불안을 거추장스러운 감정, 나의 약함을 드러내는 감정이라 여겼다. 하지만 커뮤니티로 만난 많은 이가 각자의 삶을 좇으며 나처럼 사소한 불안을 안고 있었다.

모두가 출근을 하고 퇴근을 하고, 새로운 사람과 만나고 익숙한 사람과 멀어지며 각자의 사소한 불안을 품고 있었다. 처지의 비슷함에 담긴 힘이 있다. 처음의 내가 그랬듯 헤매기만 했던 나의 사정과 떨림이 미지의 결과 앞에 당장의 시도를 망설이는 모든 이에게 작은 도움이 되길 바란다.

커뮤니티로 만났던 사람들의 문장을 기억한다. 그들이 꺼낸 말로 커뮤니티의 오늘과 내일이 채워졌다. 여전히 나의 이야기를 꺼내는 건 힘든 일이고 부끄럽지만, 나의 가능성을 알아봐 주고 다음 도전을 지지해주는 동료가 있어 가능했다. 함께 하는 동료의 존재로 내가 가는 길이 있음을 다시금 되새긴다.

새로운 공간으로 날 초대하고 긴 시간 나의 가능성을 지지해주었던 생각하는 바다 맹꽁, 종우와 정선, 메밀, 이번 책에는 담지 못했지만 같은 문화 영역에서 활동하는 동료들에게도 감사를 전한다.

목표는 컸지만, 끈기가 부족해 책으로 엮는 일이 오래 걸리고 말았다. 이 책은 나의 부족한 문장을 읽어주고 끝까지 애정 어린 시선을 놓치지 않은 박정오 편집자와 최효선 디자이너, 호밀밭출판사 장현정 대표님이 아니었다면 결코 나오지 못했을 것이다.

덕분에 흩어졌던 지난 시간을 정리할 수 있었다. 나의 모든 성장의 과정에서 만났던 청년 거버넌스 동료들, 비밀기지, 프로젝트 바람의 동료들, 각자의 자리에서 열심히 살아가는 익스, 허다 그리고 이세, 흔쾌히 홀몸 어르신께 날 안내해주셨던 복지관 선생님들과 내게 쌀을 나눠주었던 거리의 시민들을 기억한다.

어느새 시간의 때가 묻어, 걸어왔던 방식으로 나아가는 나를 바라본다. 벌써 관성에 의지해 걸어가는 재미없는 어른의 모습이다. 우리가 걸어온 길의 궤적을 쫓으면 이 여정의 끝이 대강 어디를 향할지 짐작해볼 수 있다. 서로의 간극을 줄이고, 일상과 커뮤니티의 간극을 줄이는 것이 내가 극복해야 할 과제이자 커뮤니티 매니저로서 내가 도달해야 할 다음 지점이다.

오늘도 빈 공간을 쓸고, 물걸레로 바닥의 얼룩을 닦고, 가득 찬 휴지통을 비운다. 커뮤니티 매니저라 불리는 나는 당신을 만나기 위해 보이지 않는 곳에서 바쁘게 움직인다.

젊음의 공간 부산 광안리 바다. 수많은 청년이 찾아오는 민락수변공원. 그리고 세계 최대의 규모를 자랑하는 회센터와 수산 업체들이 불을 밝히는 곳. 복잡하고 시끄러운 이곳 광안리 바다의 가장 깊은 곳에 내가 있다.

다시 지하 공간 생각하는 바다의 불을 밝힌다. 오늘 밤 내가 커뮤니티로 만날 사람은 이 책을 읽은 바로 당신이다. 오늘도 나는 당신과 만나는 중이다.

오늘도 만나는 중입니다

지은이	우동준
초판 1쇄	2020년 11월 12일
편 집	박정오 책임편집, 임명선
디자인	최효선 책임디자인, 전혜정
마케팅	최문섭
종 이	세종페이퍼
제 작	영신사
펴낸이	장현정
펴낸곳	호밀밭
등 록	2008년 11월 12일(제338-2008-6호)
주 소	부산 수영구 광안해변로 294번길 24 B1F 생각하는 바다
전화, 팩스	070-7701-4675, 0505-510-4675
이메일	anri@homilbooks.com

Published in Korea by Homilbooks Publishing Co, Busan.
Registration No. 338-2008-6.
First press export edition November, 2020.

Author Woo, Dong Joon
ISBN 979-11-90971-09-6 03810

※ 본 도서는 부산광역시, 부산문화재단의 2020 청년문화 육성지원 사업을 통해 사업비를 지원받았습니다. 부산광역시 부산문화재단

이 도서의 국립중앙도서관 출판예정도서목록(CIP)은 서지정보유통지원시스템 홈페이지(http://seoji.nl.go.kr)와 국가자료종합목록 구축시스템(http://kolis-net.nl.go.kr)에서 이용하실 수 있습니다. (CIP제어번호 : CIP2020046688)